Flor de Guernica

Crónicas

Pablo Morenno

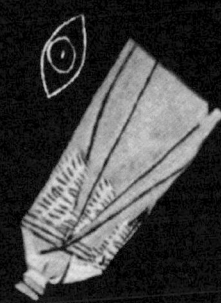

FLOR de GUERNiCA

Crônicas

Edições
BesouroBox

1ª edição / Porto Alegre-RS / 2016

Coordenação editorial: Elaine Maritza da Silveira
Capa e projeto gráfico: Marco Cena
Revisão: Cláudia Bechler
Produção editorial: Bruna Dali, Danielle Reichelt e Maitê Cena
Assessoramento gráfico: André Luis Alt

Dados Internacionais de Catalogação na Publicação (CIP)

M324f   Morenno, Pablo.
       Flor de Guernica. / Pablo Morenno. – Porto
      Alegre: BesouroBox, 2016.
      112 p.; 14 x 21 cm

      ISBN: 978-85-5527-024-6

      1. Literatura sul-rio-grandense. 2. Crônica. I. Título.

CDU 821.134.3(816.5)-94

Bibliotecária responsável Kátia Rosi Possobon CRB10/1782

Sumário

Parte II – Guernica

Parte III – A Flor

Apresentação

Tanto as religiões, quanto a arte querem salvar as coisas. A diferença entre uma e outra é a forma. As religiões entendem a salvação como a retirada do homem do mundo, como se separa ouro de barro num crisol.

A arte salva a realidade tentando compreender sua fala. Ao ouvir as conversas do mundo, a arte faz uma releitura das coisas não como verdade, mas como significado. Usando diversos suportes, registra o diálogo amoroso entre a consciência e a realidade.

O pintor ouve a fala das coisas e a transforma em cores e formas, fixando versões num determinado espaço: a tela. Um cronista ouve a fala das coisas e a converte em sons e ritmos, tornando a compreensível num determinado tempo e num corpo de palavras: a crônica. Quase sempre, ambos constroem sua arte não do que as coisas são, mas do que desejariam ser.

Usando como alegoria o painel "Guernica", de Picasso, aplicado ao fazer do cronista, Pablo Morenno discute a subjetividade do artista no olhar do mundo (o pintor), o enfrentamento das dores e das tragédias (Guernica destruída pelos bombardeios), e a esperança que, embora minguada e débil (a flor quase imperceptível que nasce na mão de um soldado), resiste impávida.

Como escreveu Érico Veríssimo em Solo de Clarineta, o papel do escritor é acender a sua lâmpada, trazer luz sobre a realidade de seu mundo. Nesta senda, segue Pablo. Se bem as crônicas, em razão de sua curta duração, não se assemelhem às lâmpadas, iluminam como intermitentes lampejos de fósforos.

paRte l
O PiNTOR

Não imaginem seja eu
um novo criador de mundos.
Apenas reinvento parte
do já existente,
como um pintor que retrata
em tinta um semblante
de carne.

A carta

Literatura que se preze precisa sangrar vida, e a vida adquire sua semântica pela literatura. Dizendo literatura, onde Gullar disse poesia, parafraseio: "A literatura deve ajudar as pessoas a viver. Não com mentiras, não com bobagens, porque com isso não ajudaria. Mas ajudar as pessoas a viver na medida em que revela a beleza da vida. Não o 'bonitinho' da vida, mas a beleza, as coisas profundas, essenciais, a experiência fundamental do ser humano.".

Ler a literatura com os olhos da vida e ler a vida com os olhos da literatura são exercícios humanos criadores de sentido. Se a literatura não serve para nada, é certo também que serve para tudo. A metáfora, mãe de todas as experiências literárias, não é mais do que uma promiscuidade entre os objetos do mundo à procura do preenchimento dos vazios da vida.

Quando alguém me pergunta a lembrança mais remota da literatura na minha vida, relato uma experiência acontecida aos quatro ou cinco anos da infância.

Dez irmãos. Vivíamos na zona rural. Minhas irmãs foram trabalhar como domésticas em casas de família. Minha irmã mais nova foi a última. Foi a última porque não havia mais irmãs para ir. Aos homens cabia trabalhar nas lavouras. E, exceto os pequenos demais, já haviam ido. Advento. Esperávamos a visita de minha irmã mais nova. Saudades e presentes. Nada comprado; minha irmã trazia roupas usadas e brinquedos velhos. Coisas que na metrópole já haviam sido superadas por novas modas e pela tecnologia. Lá em São Paulo, recolhia entre os amigos de seus patrões coisas sem serventia para o mundo urbano, mas cheias de utilidades e fantasias para o pequeno mundo rural onde nasci.

Dias antes do Natal a esperávamos. Só uma carta nos visitou. A mulher dos Correios leu o remetente para mim e minha mãe.

Uma hora e meia de caminhada e descíamos o morro até nossa casa. A mãe fez um chimarrão, sentou-se sob o cinamomo do pátio. Ela olhava a carta e chorava. Chorava e olhava a carta. Quem a leria? O pai, que rachava a lenha para o fogo do jantar, ia fazendo lascas e gravetos lá dentro de mim. Criança não aguenta tristeza de mãe.

– Mamãe, eu posso ler a carta se a senhora quiser – eu disse.

– Como você vai lê-la, se ainda nem foi à escola? – ela disse.

– Mas eu sei ler. Quer ver?

Ela quis. Foi até o quarto, pegou uma tesoura na máquina de costura, cortou com cuidado um lado da carta e me entregou a folha de caderno e aquele ninho de sinais. Tomei a carta nas mãos e a li em voz alta. As palavras saíam de minha boca e cobriam de luz o rosto da mãe. Igual aos dias de tormenta, quando chegava com a vela ao quarto onde eu dormia. Bastava seu rosto iluminado aparecer na escuridão para o medo esconder-se debaixo da cama.

Não sei o que li naquela carta. Não tenho como saber se a carta inventada por um menino sem alfabeto tinha ao menos uma palavra de verdadeira. Sei apenas que, naquele momento, descobri o poder da imaginação para iluminar o rosto das pessoas. O escritor, como eu naquela tarde, mesmo quando não decodifica fielmente a realidade, diz coisas que, se lá ainda não estão, poderiam ou deveriam estar. Se as palavras escritas são do mundo real ou do mundo inventado é coisa sem importância. Importa apenas que a literatura – como disse Gullar sobre a poesia – revele a beleza da vida. Ou – como disse Érico Veríssimo do escritor – segure uma lâmpada para iluminar o mundo.

Medo do escuro
"Não me deixe só, eu tenho medo do escuro."

Vanessa da Matta não é a única. Na cozinha, logo acima do micro-ondas, guardo velas e fósforos. Quando falta a luz, são fáceis de achar. Todos os dias, mulheres grávidas em todo o mundo dão à luz meninos e meninas. Todos os dias alguém fecha os olhos e tantos outros não querem abri-los. Meus momentos de escuro. Um: a hora do amor. Dois: quando passo a noite escrevendo um texto que não termina. Para não acordar ninguém, faço nas trevas o trajeto até o quarto. Inseguros segundos. Conheço o itinerário e, mesmo assim, tenho medo de arrancar outra unha chutando o marco da porta.

Leio uma reportagem sobre André, que por um erro médico numa cirurgia de glaucoma, perdeu a visão aos 14 anos. André fala de sua redescoberta do amor, do trabalho, das pessoas desde a escuridão. André também fala do medo que as pessoas têm de serem contaminadas por sua cegueira. Leio essa reportagem sobre André e me dou conta. Também tenho medo do escuro e já me senti muito desconfortável diante de pessoas cegas. Seus olhos opacos parecem tornar translúcidos todos os nossos segredos. Para eles, todas as aparências são transparentes.

Tirésias, cego por ter visto Minerva nua, foi o maior vidente da Grécia. Ante as súplicas de Cáriclo, sua mãe, Minerva, já que não havia como lhe devolver os olhos, concedeu ao jovem o dom da adivinhação. Esse dom, de enxergar para além das aparências, ele o conservou mesmo depois da morte. Foi ele quem ensinou a Ulisses o caminho para Ítaca e revelou para Édipo o incesto. Tirésias perdeu a primeira visão e ganhou outra infinitamente melhor. Transformou em bênção o que era castigo.

Quando soube ter casado com a própria mãe, Édipo furou os olhos. É melhor ser cego do que ver a própria desgraça. Na mitologia, a desgraça alheia também provoca cegueira. Castigada – também por Minerva, que não tolerava concorrência em beleza – Medusa teve sua sedosa cabeleira transformada em serpentes. E quem a olhasse, viraria estátua de pedra. Perseu, olhando Medusa refletida em seu escudo, conseguiu enganá-la e a decapitou.

Cegos, na sociedade de aparências e superficialidades, são guardas da fronteira das coisas essenciais. Como Tirésias, conclamam a ver o invisível.

Saramago, em *Ensaio sobre a cegueira*, conta sobre uma epidemia misteriosa. Ela mancha a claridade dos dias dos homens modernos com uma cortina leitosa e sem cura.

Nosso medo do escuro não é apenas pelos fantasmas. Nosso medo do escuro e dos cegos, como na hora do amor, é medo das verdades. Verdades invisíveis à primeira vista. Verdades para as quais velas e fósforos não têm serventia.

O indez

No pátio de casa, ciscavam as galinhas. Galinhas caipiras livres são caipiras, mas têm intuição. Em um ciscar, começam a desconfiar da gente. Depois do parto dos ovos, mandados pelas mães, vêm os meninos roubá-los sem piedade. Com o tempo, as galinhas somem no mato para dar à luz os ovos. O povo do interior, que é caipira no jeito, mas esperto em vivência, descobriu o ponto fraco das galinhas. Como quem não quer nada, deixa-se um ovo falso (de madeira) num cesto ou numa moita em lugar conhecido. Ao vê-lo, naquela aparente inocência de ovo parido, a galinha poedeira se encoraja. Se ali há um ovo, naquele lugar todo ovo se salva. Vem uma galinha carijó, põe o segundo. Depois vem uma do-pescoço-pelado, outro ovo. Como um milagre de multiplicação, em poucos dias, o indez se vê perdido na clara multidão de gemas.

Um telefonema de uma agente cultural me faz uma estranha proposta. Queria saber se eu aceitava falar sobre a importância da leitura na inauguração de uma biblioteca pública chamada de *Biblioteca do Sucesso*. Toda melindrosa, disse-me que outros escritores já haviam rejeitado o convite. Essa biblioteca fica num pequeno município, me explicava, mas há um detalhe. "Qual?" – perguntei-lhe. "O prefeito da cidade montou a biblioteca apenas com livros de autoajuda, comprados em sebos. Por isso o nome. Aceita?"

Antes da inauguração da biblioteca e de minha conversa com a comunidade e alunos, encontrei-me com o prefeito.

Tivera origem humilde, e a ideia de uma biblioteca com livros de autoajuda tinha um bom argumento. Ele narrou-me sua vida. Graças a um livro de motivação, saiu de família pobre, galgou todos os postos da maior empresa do município, chegou à gerência, chegara ao cargo de prefeito. Conseguiu. Porém, faltava algo. Era o sonho de uma biblioteca diferente. Queria deixar para as crianças e jovens de sua cidade livros encorajadores. Com escasso orçamento, foi a Porto Alegre e comprou livros novos e usados, realizou o sonho.

Talvez os críticos literários, os escritores consagrados, você, eu, argumentemos em favor das grandes obras da literatura, seu requinte linguístico, o apurado trato estético das grandes questões humanas. Certo, mas não completamente. Seria essa a única forma de se olhar os livros e seus ninhos de palavras?

Durante minha fala, para professores e alunos, com pretensão de ser literato, reencontrei na memória o indez. Ele pode ser de madeira, seu poder o transcende. Um indez é uma semente de ninhos. Num ninho repleto de ovos, três ou quatro quebram, outros estragam, mas sempre sobram alguns para serem chocados. Os não galados poderão ser vendidos ou virar omelete sem magoar as galinhas. Um livro, uma biblioteca, poderá ser o começo de uma plantação de milagres. Podemos saber onde a leitura começa sua jornada; nunca a quais mundos chegará com o tempo.

Semântica de pai

O pai não é uma imagem racionalizada. Pai é teia de recordações das quais é o próprio fio. Freud diria que o pai habita o superego, cria limites, vigia a consciência; instala-se na cultura como Deus, as leis, o Estado. Eu insisto: pai é uma teia de recordações das quais é o próprio fio. Um bichinho-da-seda na memória começa a fazer camisas, calças, mantas, cobertas. Inventa casas, ruas, cidades. Transbordamos o pátio com rolos de fios. Quando nos damos conta, fizemos boa parte do mundo.

O pai não é um guarda noturno. O pai é um acendedor de velas. Ao sairmos à rua, acende uma vela e vela o seu fogo. Quando a cera se acaba, ou o querosene enxuga o pavio, ele providencia o sustento. O fogo vigiado pelo pai tem mágicas características. Aceso em casa, ilumina nossos passos onde estivermos. Ao regressarmos, neste tempo de luzes elétricas, eis lá as velas acesas dentro do pai. Ele mesmo, uma chama inapagável, inabalável.

O pai não está atrasado no tempo. O pai, na verdade, foi morar num tempo não chegado ainda. Um dia lá atracaremos. O ser humano, ao tornar-se pai, toma uma máquina do tempo, parte para o futuro, lá ergue sua casa e espera os filhos chegarem para pedir conselhos. Quando os filhos chegam ao futuro, descobrem que seu pai já partiu para o outro lado do tempo. Se eles soubessem dessa constituição da vida, teriam pedido conselhos agora. Mas agora seu pai é obsoleto. Para os que aprendem a lição, as coisas se resolvem sendo eles mesmos pais no momento em que chegarem ao futuro. Tornam-se pais conselheiros para que aos filhos não escasseiem os rumos. O problema é que, na paternidade, sem saber, tomaram a máquina do tempo e já estão mais à frente. Tudo recomeça.

O pai não é alguém quase sempre errado. Pai sempre está errado. Seu primeiro erro é crer em nossa compreensão. Engana-se. O segundo erro do pai é crer em sua argúcia e convencimento. Ilude-se. Todo pai pensa que seu filho é tão vivido quanto ele, sabedor do sentido oculto das coisas.

Pai não é razão. Pai é fogo de velas. Pai é mistério do tempo. Pai é ânsia de explicar e convencer. Daí se deduz: Pai é uma epifania, aparição de ternura e fortaleza circundada por recordações das quais é o próprio fio. O que a gente tem de fazer é ficar contemplando, sem perguntar se Freud tinha ou não razão, se Freud teve um pai ou se foi clonado.

Meu pai guardava parafusos

Gestos insignificantes gestam exemplos perenes. Repita-se: um exemplo vale mais que mil palavras. Entre pais e filhos ainda é mais forte. Palavras dos pais, com exemplos, são coisas urgentíssimas para o mundo.

Se palavras e exemplos não puderem coexistir, opte o pai por exemplos. Gestos, mesmo silenciosos, contam verdades gritantes. Que o pai silencie, mas mostre.

Numa rua, eu e um parafuso nos vimos. No caderninho de meu bolso anotei: Meu pai guardava parafusos. Ele nunca imaginou que, recolhendo-os aos bolsos e guardando em uma lata vazia de querosene, ensinava segredos. Ignorávamos. Ele mostrava. Eu aprendia. Repartíamos vida. Bastava.

Na roça, parafusos tinham suas utilidades. Segurar uma peça da trilhadeira, engrossar o olho de um cabo de enxada. Ou prender no telhado da casa um zinco afrouxado pelo vento.

Na estrada, meu pai detinha o passo, curvava-se e recolhia ao bolso um parafuso qualquer. Não importava ferrugem, tamanho, a rosca gasta. O importante era nunca deixar abandonado aquele parafuso cuja utilidade futura era por nós desconhecida. No caso de meu pai, o exemplo era sempre acompanhado de palavras. Na verdade, um conselho. "Meu filho, nunca sabemos onde e quando precisaremos desse parafuso. Um dia, na precisão, descobriremos." E prosseguia.

Há pouco, chegando da rua, sentei-me ao computador e passei a limpo a anotação do caderninho. O que teria meu pai me ensinado naquele seu exemplo? Não moro no interior, não uso ferramentas. Trilhadeiras quase não existem. Enxadas são raras. Os telhados são de concreto. Teriam sido inúteis os exemplos e desperdiçados os conselhos?

Não.

Ando pelas ruas e também recolho parafusos. Depois os levo para casa, guardo-os em uma lata. Porém, meus parafusos não são de aço. Chamam-se palavras e são feitas de letras e de sonoridades. No bolso, um caderninho guarda as palavras-parafuso. A lata de querosene de meu pai transformou-se neste computador onde alinhavo crônicas.

Castelo de areia

O menino, um castelo-de-areia, uma onda. O menino, um castelo-de-areia, uma onda, uma onda. O menino, um castelo-de-areia, uma onda, uma onda, uma onda.

Uma multidão, como formigas na praia, e o menino é invisível. Um senhor lê as notícias. Um surfista procura a onda perfeita. Uma família de argentinos caminha. O vendedor de cangas senta-se na areia para descansar. A menina do quiosque entrega uma casquinha de siri. O salva-vidas observa o horizonte. O menino só enxerga o castelo, as ondas, o mar.

O menino, um castelo de areia, uma onda. O menino, um castelo de areia, uma onda, uma onda.

Quem lhe ensinou a persistência? Quem lhe contou o mito de Sísifo? Que estranha esperança alenta o menino a construir, reconstruir, criar, recriar, montar dezenas de castelos na areia e, impassível, aguardar seu desmoronamento?

O menino me desconserta. Um castelo, dez castelos, cem castelos. No final do veraneio o menino à beira-mar terá feito e perdido um milhão de castelos. Todas as manhãs o menino senta-se na praia a fazer seus castelos e vê-los ruir sob as ondas.

O menino me desconserta por sua persistência, por sua paciência, sobretudo por sua resignação. Não se zanga. Não xinga o mar. Não esbraveja. Não se revolta. O menino é de uma suavidade violenta.

Sento-me a observá-lo e me canso; o menino não. Com cinco castelos desfeitos me entedio; o menino não. Contra o mar, esbravejo; o menino não. Uma vez eu pensei criar peixes no apartamento, morreu um, morreram dois, troquei por um jardim japonês. Uma vez eu sonhei um sonho que foi frustrado, deixei de sonhar. Uma vez eu tive uma esperança verde que amarelou, passei a ter apenas sépias esperanças.

O menino fazendo castelos de areia me inquieta. Que graça encontra em enfadonha empreitada? Não aprende: àquela altura da praia, todo castelo é mais efêmero que outros castelos de areia? Por que não os constrói um pouco mais longe do mar? Por que, em vez de areia, não pensa na agrupação de rochas? Por que não constrói um dique? Por que não brinca com pandorgas como as outras crianças?

Quando perguntei ao menino por que não fazia castelos num ponto mais alto da areia, respondeu-me convicto:

– Não tem graça nenhuma um castelo de areia tão longe do mar.

O menino, um castelo de areia, uma onda. O menino, um castelo de areia, uma onda, uma onda. O menino, um castelo de areia, uma onda, uma onda, uma onda.

Onde foi que perdi o menino que eu tinha?

Invictos

Após escalar pela segunda vez o monte Everest, já no retorno, morreu Vítor Negrete, 38 anos. Sua primeira escalada foi com oxigênio suplementar. Na segunda, escolheu a face norte – a mais difícil – e dispensou o auxílio, único brasileiro a realizar essa façanha.

Que pode almejar um alpinista depois de alcançar o topo do maior monte do mundo?

Subir o mesmo monte, do jeito mais difícil. Se a primeira escalada teve oxigênio suplementar, agora o dispensaria. Na outra vez, fora pelo lado mais ameno, agora subiria pelo mais íngreme. Trinta e oito anos é muito pouco para dispensar novos desafios.

Aposentaram o Concorde e já apareceu um novo modelo. Inventamos carros mais velozes, remédios mais eficazes, teorias mais completas. Ninguém há de dizer: agora basta. O homem, o homem autêntico, é superação de desafios, construção contínua.

Quem sabe esse desejo de superação constante seja um trauma por não sermos divinos. Ou, dirá um teólogo, um sinal de que o somos realmente. Um ateu, por sua vez, argumentará em favor da projeção inconsciente de si mesmo. Afora as explicações, está a realidade: o homem quer superar constantemente seus limites, sem medo dos riscos, sem medo da morte.

Humana é a superação dos limites e humana é a limitação. A contradição existe, é intrínseca à vida. Chega um momento e *zás*!, o limite se impõe, atira-se à frente, atravanca o caminho. Aconteceu com Negrete, aconteceu com Airton Senna, acontece comigo e com você. Quando tudo está perfeito, algo surge. Previsível, mas não esperado. Se não houver risco, não há conquista nem herói. Um herói, infelizmente, não é feito de nenhuma outra coisa. Não admiraríamos o trapezista se não fosse a possibilidade da queda. A queda é a principal coadjuvante do trapezista. Ele sabe, mas não conta. Nós sabemos, mas ignoramos.

Aplaude-se o bombeiro depois do fogo, o astronauta no retorno do espaço, o tenor depois do trecho difícil, o atleta que dominou o corpo. Já vi, também, homenagens a um bombeiro morto em incêndio, aos astronautas que não voltaram, a um atleta lesionado, a um tenor rouco. Herói é aquele que retorna, mas, também, aquele que, acreditando em poder retornar, tem a coragem de ir sem a certeza da volta.

Vítor Negrete morreu retornando. Chegou ao topo com dificuldades propostas por si mesmo. Muitos o criticaram por seu heroísmo inútil, por sua falta de causas, por sua excessiva obsessão. Como na literatura, há feitos humanos despidos de utilidade. São confeccionados de sentidos e não de explicações, postam-se na mística, não na razoabilidade. Pense nos monges tibetanos, próximos ao Everest, cujas vidas são despidas de utilidade e, aparentemente, se desperdiçam na solidão.

Certos feitos existem para desconcertar, intrigar, soltar pelas planícies os cavalos do absurdo. Sua função é símbolo, paradigma, metáfora do demasiado humano. No caso de Vítor Negrete, o desejo impetuoso de alcançar a qualquer custo o cume do sonho sonhado, inclusive sacrificando por ele todos os outros. A morte, limite, nos inveja e, sorrateiramente, ataca na volta, pelas costas. Caímos, mas, como Vitor, invictos.

Nas franjas do mar

Escrevo completamente nu. Quer dizer, quase completamente. Calço chinelos e uso relógio. Não posso andar sem chinelos para não pisar em falso. Relógio é indispensável na readaptação ao mundo. Voltei das férias.

À beira-mar acostuma-se ao despojamento. A vida em sociedade impõe roupas e acessórios. Nenhum papel social se sustenta desnudo. Um executivo sem gravata, um médico de preto, um político em chinelos, um mecânico de terno, um mendigo sem trapos. Como é que se pede socorro num hospital sem diferenciar faxineiras de médicos?

Um jornal fez uma matéria em que vestiu de gari personalidades conhecidas. Ninguém foi reconhecido nessa experiência jornalística. Os transeuntes olhavam a roupa, não o rosto. Passamos a ser aparência. Dane-se o ingênuo principezinho.

O poder dos tiranos não se esconde em seus cabelos – como Sansão –, mas em suas vestes. Qualquer pessoa nua torna-se frágil. Que digam os torturadores. Os senhores do mundo seriam mais bem sucedidos se, ao invés de gastar milhões com a guerra, fizessem, por meio de espiões, seus oponentes desfilarem com um vestidinho de chita em aparição pública.

Soube depois que a mulher com as partes escancaradas aos raios UV-B era uma desembargadora. Ao lado, um cirurgião famoso lambia um sabugo em decúbito lateral. Se não fosse a gerente do hotel, eu não saberia ser deputado federal um senhor de sunga branca passeando com a mulher. Calção de banho igual ao meu, o diretor de uma importante empresa caminhava todas as manhãs. Eu com dois, azul e verde, condenei-me ao usar o azul. Idiotice minha. Na praia, isso não é relevante.

Obesos, gordinhos, magros, feios, bonitos, dentuços, desdentados, cabeludos, carecas, deficientes, pobres, ricos, subalternos, dominantes, loucos, sensatos, leitores, escritores, crianças, idosos e também aqueles que se dizem normais. Mulheres bonitas com homens feios, mulheres feias com homens bonitos, mulheres feias com homens piores, dois feios, dois bonitos.

A praia tem o poder de nos devolver ao paraíso. Todos muito iguais. Entre um homem e uma mulher quaisquer, há ínfimas diferenças. E quando tomam sol de costas, como me diz um amigo, *las hay menos aún*. Quem manda e quem obedece, quem cria leis e quem as cumpre, os criminosos e os justos, os empresários e os empregados, os ricos e os pobres, sentam-se ou se deitam nas mesmas areias. Roupas de banho não são adequadas à organização da sociedade em classes e funções.

As franjas do mar sustentam a democracia e reequilibram um pouco o mundo. Estar pelado, ou quase, é retornar ao estado original, natural, essencial; é um modo discreto de renúncia a cargos e títulos. Todos se tornam iguais, ou, ao menos, muito parecidos. A brisa marinha enferruja arrogâncias e prepotências. Mas chega a hora de retornar ao trabalho. Vestido. Ainda seminu, ensaio resistência. Rebeldia solitária. Desejo simbólico de prolongar as férias e suas muitas utopias.

No banheiro, ao me olhar no espelho, vejo a enorme mentira da primeira frase. Um truquezinho de cronista para desconcertar o leitor. Eis a verdade: além dos chinelos e do relógio, estou de óculos. Óculos de marca na praia é uma das poucas coisas que revela a classe quando estamos pelados.

O enigma do martelo

Quando seu Welter retirou das brasas um pedaço de ferro em fogo, fiquei imaginando onde andaria a alma da ferramenta que viria ao mundo. Como se daria o encontro das coisas com o material que as plasma?

Conheci o ferreiro Welter num passeio em Picada Café, na serra gaúcha. Os dias passam. Seu martelo continua batendo perguntas.

Quase oitenta anos, desde os dezenove moldando metais, seu Welter conserva a ferraria e, embora ninguém mais lhe peça nenhuma ferramenta, desfolha seus saberes a quem o procura.

Não há muito tempo, os homens precisavam dos ferreiros para tirar sustento da terra. E como quase todo mundo cultivava a terra, quase todo mundo precisava de seu Welter. De suas mãos saíam as ferraduras dos cavalos, as rodas de carroças, as enxadas, as pás, as foices, os pinos de canga e outros objetos. Coisas que hoje emanam de grandes indústrias eram, há pouco, frutos artesanais de fogo e de martelo.

À sombra do galpão de madeira, ele demonstra o ofício. Tudo parece lento. Devagar para a vida divagar. Primeiro, acende-se o fogo; com um fole movido a braços, é atiçado num sopro. Fogo maduro, põe-se o lingote de ferro até tornar-se irmão das brasas. O ferro incandescente sai do fogo ardendo em desejo de ser coisa nunca existida.

Enquanto observava o sofrimento do lingote sob os golpes do martelo, mudei-me dos olhos aos ouvidos. Percebi ritmo nas sonoridades. Surpreso, identifiquei batidas úteis no ferro e outras, aparentemente sem função, na bigorna. Nada aleatório. Respeitavam uma melodia singela e tinham andamento compassado. Diferentes espessuras da bigorna e do lingote emitiam sons específicos e planejados. Estaria eu numa ferraria mal-assombrada?

Não. Não eram fantasmas. Era assim mesmo, respondeu. Aquela era sua música de golpear o ferro. Todo bom ferreiro, nos disse, inventava um "algo mais", um jeito melodioso de transformar matéria informe em ferramenta. Seu Welter respondeu em alemão e eu entendi sem precisar da ajuda do menino intérprete. Seu sorriso, seus gestos, sua surpresa. O menino apenas me traduziu uma pequena parte de seu discurso. "Ele disse que você foi o único turista a perceber sua música de bater o ferro".

Parecia-me que a forma do ferro dependia apenas de seu esmagamento à alta temperatura, entre a bigorna e o martelo. Que, ao fórceps das batidas e pelo fogo, as coisas eram torturadas até o nascimento. Estava errado. Seu Welter revela o enigma da cultura, o segredo contido naquilo que deveria ser o jeito humano de inventar. Moldar o ferro à força é coisa das máquinas. A alma da coisa feita, porém, só tomará o corpo do metal através daquele "algo a mais" dependente da criatividade humana.

Para o ferro transmutar-se em ferramenta, não bastam força e fogo, é preciso música. É na música que o ferreiro encontra sua identidade. É com ela que o *homo faber* consegue salvar-se da alienação que – como disse Karl Marx – faz dos operários em linhas de produção, seres estranhos às suas criaturas. O homem, à simbólica imagem e semelhança de Deus, também cria. Mas, nesses casos, não consegue encontrar imagem e semelhança nas coisas criadas. A semântica da vida sofre uma ruptura com desastrosas consequências.

As marcas do homem no mundo não são plasmadas pela energia de suas mãos e o suor de seu rosto. Por isso, para melhor interpretá-las, há que se abrir os ouvidos à música de seu espírito, mais onda sonora e menos força. Em cada trabalho humano, o homem-que-faz gasta um pouco de si. De corpo e de espírito. O ser humano, que deu utilidade à pedra lascada e depois à pedra polida, estabilizou-se na fundição. Todavia, moldar o metal é insuficiente. Como Pinóquio, toda coisa feita por homens anseia ganhar uma alma humanizada.

Na música do ferreiro, alguma coisa sai de seu coração, desce por suas veias e músculos e se encarna em porções de ferro. O papel do martelo na história é o que menos importa.

De livros e de leite

Minha mãe gastou sua vida até o final sem conhecer as letras. Era agricultora, como estas mulheres de um pequeno município que – mostra a reportagem – levam livros para casa em cestas. Minha mãe poderia estar entre elas se soubesse ler ou se alguém lhe tivesse motivado à leitura quando ainda tinha idade e tempo. Embora minha mãe não soubesse ler, com o dinheiro do leite das vacas que ela ordenhava comprei um de meus primeiros livros. "Fábulas de Esopo" foi meu primeiro livro, de leite.

Livros e rostos no jornal. Livros desgastados, rostos felizes. Essas mulheres, entre vacas e plantações, vão descobrindo o leite das letras e abrem valas entre páginas. Ler é bom, dizem. E vão passando o deleite para filhos, e maridos, e vizinhos. O repórter se diz surpreendido. Agricultores entendem de alimentos consistentes.

As mulheres agricultoras também lavram. Não é por nada que palavra tem "lavra". Quem lê lavra, semeia. E lavradora tem dor. A vida nem sempre é mesmo fácil. No campo e na cidade. Quem lê, lavradora ou operária, planta a dor ou se opera. Quem se opera abre as entranhas para tirar pedras. Nos rins, na vesícula. Quem lê, mulher ou homem, vai usando as pedras das entranhas e da terra para construir sentido na vida insensata. Com leite das pedras se dá gosto à vida insossa. A cultura da terra e a cultura da arte dependem de cuidados e regas.

Feiras do Livro imploram por escolas e praças. Nas escolas, talvez porque a leitura seja quase uma obrigação. Na praça, porque a gente se encontra para papear, jogar palavras fora. No papo da praça, gastamos palavras. E vem a miséria da falta. Então os livros enchem a dispensa e nos salvam da miséria com sua misericórdia. Lemos com prazer e revivemos. Deleite.

Todos somos agricultores, lavradores e operários. Os livros nos salvam das tormentas, das enxurradas e sua fome de sementes, do dia a dia estafante das fábricas, do suor do rosto que a gente seca e volta. Na praça, a gente fala, ouve, conta causos, fala de casamentos e de velórios, de amores e de perdas. Inventa verdades de vento. E vamos embora com livros. Roubamos a vida dos personagens ou entregamos a eles a nossa.

A vida dos personagens é tão triste, tão sofrida, tão insensata. Mas num livro tudo se encaixa. Yolanda Reyes, escritora colombiana, recomenda a leitura de histórias até para bebês. São as narrativas, com início, meio e fim, segundo ela, que ordenam nossa vida fragmentada. Ela tem razão.

As mulheres agricultoras dizem que os maridos ficam curiosos com as cestas de livros. E os filhos querem saber se algum livro não pode fazer mal às mães. Elas, acostumadas à fertilidade, acham graça dos maridos e dos filhos. E seguem lendo.

No final do ano, as mulheres agricultoras colherão o trigo e o pasto, o milho e o feijão, e comerão o queijo feito com o leite das vacas. Na ceia de ano novo, haverá um porquinho à pururuca, lentilhas e livros.

Minha mãe gastou sua vida sem conhecer as letras. Penso agora que eu poderia ter mostrado as tetas dos livros para quem só conhecia as tetas das vacas. Sou escritor por remorso.

Uma praça em preto e branco

Na parede dos fundos da casa da infância, escrevi a carvão minhas primeiras letras. Como os ovos das borboletas no pé de amora, eram ovos de crônicas. Era um jeito de o menino namorar palavras.

Em troncos de cedro, esculpi desenhos de bois e cavalos. Na pele da árvore, brotavam as seivas de meus poemas e amores. A seiva das árvores, sem querer ou saber, nutria meus afetos. Meu presente se fazia nos brotos.

Classes e paredes nos colégios se vestem de riscos e marcas de crianças e jovens. Nas praças, construções e monumentos das cidades, estigmas de todo tipo disputam espaços. Desenhos, declarações de amor, nomes próprios e "nomes feios", protestos, palavras de ordem, chicletes usados, ideologias. Os pássaros não estão sozinhos em sua rebeldia contra os monumentos urbanos.

Os diretores perseguem esses artistas escolares das imaculadas paredes educacionais. A polícia prende os pichadores dos sacrossantos edifícios urbanos.

Sei de bichos marcando território e de conquistadores firmando cercas. Para os cães na cidade, postes. Para os jovens, expulsão ou cadeia.

Da psicologia juvenil entendo pouco. Olho esses meninos e meninas e lembro "do meu tempo". Vejo-me, carvão em punho, riscando a casa. Quando meu pai se distrai com seu palheiro, roubo-lhe o canivete e corro à árvore mais próxima. Preciso deixar minha infância agarrada às cascas.

As casas da cidade são finas demais, está proibido riscar as paredes. Há poucas árvores entre o concreto, sua preservação é quase neurótica. Que ninguém ouse tocar o carvão ou o canivete. Carvão só para churrasco, canivete só em assaltos. Os meninos e as meninas se esgueiram nas cavernas para registrar as cenas das caçadas e os ritos da tribo.

Quero uma praça em preto em branco. Estou dizendo ao prefeito, aos vereadores, aos urbanistas e aos arquitetos. Quero uma praça em preto e branco para a expressão libertada de nossas raivas e anseios, de nossos desejos e frustrações, de nossos amores e nossos nomes.

A praça que proponho não precisa ter árvores nem monumentos. Apenas figuras abstratas, para que cada um possa criar seus personagens. E em preto e branco, para que possamos escrever em branco no preto e em preto no branco, a cores no preto e a cores no branco.

Quero uma praça em preto e branco para as crianças riscarem seus primeiros sonhos e suas primeiras letras; para os adolescentes desenharem órgãos sexuais e declarações de amor; para os adultos expressarem seus medos da velhice; para os amadurecidos xingarem o governo e os filhos ingratos.

A praça em preto e branco terá também microfones e alto-falantes para quem quiser fazer passeata, cantar canções de protesto, reclamar do mundo, fazer orações, declamar poesias e declarar amores. Para os vendedores de capas pedirem chuva e os de chapéu muito sol. Para qualquer um encontrar num banco o amor de sua vida. Toda expressão não violenta terá acolhida.

Tenho esperança. Na praça em preto e branco surgirão poetas, pintores, escritores, músicos, arquitetos, escultores... Não sei se ajudará no cuidado com as paredes dos colégios ou se findarão as pichações em monumentos. Não importa. Vejo as cidades sem espaços de liberdade. Vejo uma praça em preto e branco como uma ideia que pode dar certo, um espaço comunitário da vida fervilhando em múltiplas expressões.

Se alguém quiser pôr em prática minha sugestão, me procure. Ainda guardo da infância um pedaço de carvão. Quero paredes de casa. Peço cem mil troncos de cedro. O futuro precisa de espaço para ser ensaiado.

Quem me navega

Talvez seja porque só tive visão do mar na adolescência. Fico ali, toda vez, menino boquiaberto vendo mulher nua pela primeira vez. Se eu embalasse bem, se tomasse impulso, poderia saltar à outra margem das águas. Então tenho de explicar ao menino as diferenças entre o mar e o rio da infância. Esse mar aí não se salta nem com cipó muito longo, nem com embalo de tábua. Também não se atravessa a nado, nem em tronco de cedro. E essa mulher é apenas para a imaginação. Espelho-me no mar e me acalmo. Mulher nua na fantasia do menino remansa seus instintos na solidão. Olho a grandura do mar e sereno a vida.

Barcos e gaivotas namoram na cama das águas. Quero explicá-los uns pelos outros. Os olhos veem, o cérebro vai criando redes. As causas, os efeitos, as relações das coisas precisam entender-se em tramas. Entendo as gaivotas seguindo os barcos, acho ser por fome de peixes. Elas se fazem brancos bandos, misturam-se às nuvens, seguem os barcos por fome de peixes-restos. Porque barco de pesca não se contenta com pequenos. Os pequenos deitam-se fora, eu vou explicando, e as gaivotas seguem os barcos fartando-se de pequenos. As gaivotas seguem o barco, o barco pesca. Tudo explicado. Quando deixo as explicações, o imenso se torna apenas bonito. Parando de explicar, o mar volta a ser um rio pulado com um cipó bem grande. Ou uma mulher nua pela primeira vez nos olhos. O deslumbramento sempre faz idiotas, menino e homem. Entendo as gaivotas querendo restos de peixes atrás dos barcos. Assim eu explico.

Quando um velho pescador, já sem forças para o mar, chega com sua tarrafa, me flagra olhando mulher nua pela fechadura. Bonito o mar, me diz. Bonito, sim senhor. Mais bonito são gaivotas seguindo barcos. Parecem auréolas em cabeças de santos, eu quase disse. Fechei a boca. Menino deslumbrado não singra a sensatez. O rapaz se engana, me disse. O rapaz não entende nada de mar, falou como quem provara todas as mulheres e vê um garoto mareado olhando a primeira. Gaivotas não seguem barcos. Barcos é que seguem gaivotas, que seguem cardumes. Onde estão as gaivotas, estão os peixes, sabe pescador com jus ao nome.

Menino deslumbrado baba o mar e sua oceânica ignorância. Por isso a gente não entende a vida. Nem sempre o que existe é o que parece. Nem sempre o que parece é o que se instaura. Barcos seguem as gaivotas e não as gaivotas aos barcos. Explicando muito, pouco se aprende. A vida me respinga o rosto em pedaços de ondas. Pretensão de ser dono do mundo se derrota com uma onda gigante, tsunami. Somos nada. Gaivotas não seguem os barcos, barcos seguem as gaivotas. Achar que as gaivotas nos seguem é olhar pretensioso de quem é barco e se crê timoneiro, de quem se acha mar e é pescador. Pescador experiente sabe seguir as gaivotas, que seguem os cardumes, que seguem as correntes do mar.

A vida, senhora de nossa alforria, a mandos não se curva. Um dia, um menino despediu-se do riacho lá no longe por tempo e por terra. É preciso entender-me. Não fui eu quem deixou o rio, foi o rio que me deixou. O rio tinha o rumo do mar, eu tinha metáforas.

Como se faz uma mulher

Foi muito sem querer, na festinha de aniversário de sua filha. Observando os presentes, minha amiga se deu conta de como uma mulher é feita. No aniversário de seu menino, outros presentes: jogos lógicos, carrinhos, livros. Sua filha recebeu bichinhos, bonecas, vestidos, estojos de maquiagem. Mulher é uma instituição histórica. Tal como a conhecemos, é muito mais costela da cultura que da natureza.

Ao menino, jogos, carrinhos, livros. Quem fez de tais coisas objetos de varão? A cultura. Um quarto azul para ele, um rosa para ela. Jogos para o cérebro. Carrinhos de tecnologia. Livros para os saberes. Aliás, salvo os culinários, é mister manter as mulheres longe dos segredos. Na maçonaria, por exemplo. Ou na Igreja Católica, onde podem servir, rezar, limpar, bordar a estola e quarar o manutérgio. Tudo, menos participar da hierarquia. Para justificar essa declarada preferência de Deus pelo sexo masculino, a teologia produziu os mais estrambóticos silogismos.

Minha amiga observa os presentes de sua filha. Ela precisa ser meiga, doce, bonita. Essa é a ideia de menina que os convidados à festa reafirmam. A filha de minha amiga, mesmo sem saber de feminino e de masculino, vai aprendendo a conformar-se – isto é, adquirir a forma da fôrma – ao mundo pronto. Bonecas. Claro, maternidade. E se, por um descuido da natureza, ela não puder fazer-se mãe, terá de administrar a frustração imposta por si mesma e pelo meio. Milhares de anos depois de Sara, não ter filhos ainda é um castigo divino. Um castigo não expresso, mas dolorosamente tácito e ácido, implícito e lícito. Ai das estéreis!

Mulheres bem-sucedidas tornam-se devoradoras de homens ou fagocitam o masculino. Para vencer os machos, as armas de varões. Se muito femininas, perdem a credibilidade e o cargo. Os homens usam ternos para serem respeitados, as mulheres terninhos. Prostituta ou santa. Sob o homem ou acima dele. Lado a lado não?

O mundo público é assaz masculino. É o mundo da razão, da lei, da guerra, da objetividade. Às mulheres, o confinamento dos espaços privados. É preciso controle, e não apenas da fêmea como indivíduo da raça. Características femininas como a solidariedade e a amorosidade foram banidas da hierarquia e da lógica públicas. Destruição do meio ambiente, guerras, racionalidade muita, ternura pouca. É o império patriarcal.

Uma mulher não se faz sob o jugo e o desterro. Uma mulher se faz deixando-a bordar todos os tecidos sociais. Uma mulher se faz permitindo-lhe cozinhar tenra e ternamente política e ciência. Jamais haverá rosto humano sem a face feminina.

Mulheres, que dão à luz, amamentam e, ainda, educam meninos e meninas, mais do que ninguém, sabem: pequenos gestos podem estar grávidos de grandes mudanças. E se o sonho de um mundo diferente para seus filhos tornar-se causa de insônia, podem começar a pensá-lo na próxima festinha de aniversário.

Perdemos o horizonte.
E homem algum inventou
uma máquina de auroras.

paRte II
GUERNiCA

As vantagens de ser coisa

Tenho um anúncio para fazer. Do o meu apartamento. São três quartos, uma suíte, sala, cozinha, garagem. O prédio não é de luxo, mas é próximo ao centro. Das janelas, veem-se o norte e o sul, o nascer e o pôr-do-sol. O piso laminado descola-se em alguns aposentos, mas reformo antes da entrega. Deixo montados os móveis sob medida, quase novos. Sem ônus.

Quem levar o apartamento poderá, se quiser, levar também meu carro. Não tem bancos de couro, mas é "pegador", como diz a gurizada. Foi segurado há dois dias, sem multas e com os impostos quitados. Deixo na garagem do apartamento com a chave na ignição.

Quem aceitar o apartamento e o automóvel poderá, se quiser, ganhar de brinde a televisão, o aparelho de som, o computador e os móveis da sala. Quase novos. Quem achar pouco modernos poderá vendê-los. Valem uns bons trocados.

Doo meus bens mais valiosos. Sob uma condição. O donatário deverá receber, como seus, minha mãe, meus irmãos e meus sobrinhos.

Maria Eva tem 68 anos, é analfabeta, gosta de chimarrão e fala com sotaque caboclo. A todos chama de "meu fio", faz uma "abobra" assada que é uma delícia e um feijão e arroz numa panela só de tirar o chapéu. Mas só cozinha em fogão à lenha. Detesta apartamento – "Não gosto de viver empoleirada", diz –, fala sempre muito alto, tem combinações próprias para as roupas, anda de chinelo e meias em qualquer estação. Quando me visita, sente saudade do escarcéu das galinhas no amanhecer.

Meus irmãos são nove, gente simples. Um trabalha com fumo, outro é garçom em São Paulo, outro é tratorista...

Dezoito são meus sobrinhos.

Se quiseres, manda-me um e-mail. Poderás levar meus bens com o compromisso de amar meus amados com um amor igual ou maior. Além da mãe, irmãos e sobrinhos, doo, ainda, meus amigos. Gente finíssima.

Aceitas?

Não? Já sabia. Queres o apartamento, o automóvel, meus móveis e eletrodomésticos. Meus afetos, porém, a ninguém interessam.

Esta é a diferença essencial entre coisas e pessoas. As coisas servem para todos, as pessoas para seus poucos.

Um pai chorando. A filha foi morta na própria casa ao defender a mãe dos assaltantes. Vi na televisão. Descoberta feita: eu nunca sentirei falta da moça, ele nunca recuperará a perda. "Poderiam ter levado tudo, menos minha filha", dizia. "Sou um homem trabalhador. Teria as coisas novamente. Exceto ela."

Não pretendo me desfazer da mãe, dos irmãos, dos sobrinhos ou dos amigos. Se fores um ladrão ou sequestrador, pensa. Eles serão inúteis para ti. Retiro a condição. Fique com as coisas.

Pessoas são únicas para únicos. Não nos faltarão os mortos em alguma guerra, a filha ou a mãe de Antônio sequestradas, nem a estudante que se encontrou com uma bala perdida. Sabemos o valor da casa, do carro, dos móveis dos outros. De amores alheios, nada. O que faço com a mãe do João ou do Pedro da Silva? Mãe é só uma; já tenho a minha.

O mundo não melhora porque os amados mortos só deixam vazios na vida dos outros. Até o momento em que nós seremos os outros. Então, será tarde. Percebes?

Banquete no lixo

Desde aquele dia, estou numa situação muito delicada. Encontrei um banquete servido sobre uma lixeira de rua. Situação delicada. Ou seria desconcertante? Ainda não sei.

Não imaginem que seja eu um novo criador de mundos. Apenas reinvento parte do já existente, como um pintor que retrata em tinta um semblante de carne. Entre eu e o pintor a diferença está na tinta dele e nas palavras minhas. A carne, com sangue e tudo, é sempre a mesma. Se estivermos a céu aberto padeceremos da mesma tempestade. Muitas pessoas andam pelas ruas e nada percebem. O cronista tem olho aguçado, como se fosse um para-raios, atrai insignificâncias. Raios caem sobre sua cabeça. O cérebro fica intacto, mas nasce uma crônica. Foi assim com esse banquete na lixeira de um prédio.

Seria para minha fome aquele pedaço de bolo sobre a bandeja de papel? Seria para minha sede a metade do litro de coca-cola ainda com suor das bebidas geladas? Era uma mesa posta. Coisas tão bem distribuídas sobre a tampa da lixeira como ceia de mãe para filho. Nada de restos jogados. Se não houvesse outras comidas tão podres, se não estivesse em uma lixeira, tudo ficaria superbem na sala de jantar lá de casa. Se precisasse, não sentiria nenhum constrangimento em me acomodar na calçada, ou postar-me de pé, para saborear tanta delicadeza.

Procurei na bandeja e na garrafa algum endereçamento. Nada. Não era eu o convidado. Tampouco havia qualquer outro nome. Era um banquete servido ao primeiro faminto. Um banquete sem comensal específico, destinado a qualquer estômago vazio, a qualquer boca seca.

Ao lado do bolo, um garfo plástico e ao lado do refrigerante um copo descartável. Dois brigadeiros. Sobre a tampa da lixeira, uma toalha imitando o linho. Tudo pensado com esmero. Uma flor de Guernica.

Deixei intangível a mesa. Não era justo esbaldar-me em gula quando alguém poderia melhor merecê-la. Tenho restrições a tortas doces e preferia salgadinhos assados. Sou enjoado nas festas, pra ser sincero. E estava mesmo sem apetite.

Quem preparou o banquete? Quem seria tão sensível para arquitetar uma ceia ao invés de apenas recolher os restos de sua festa em sacos pretos como faz todo mundo? Quem será esse raro exemplar de filho de Adão? Com a mesa assim, posta e disposta, quem da rua chegasse enfraquecido não precisaria abrir todos os sacos. Uma fome anônima encontraria um banquete inesperado, poderia sentar-se, servir-se, limpar-se com guardanapo.

Estaria o misterioso anfitrião na sacada de seu apartamento aguardando a colheita de alegrias em rostos desfigurados ou querendo ver uma gota de sorriso num deserto urbano?

A cidade desumaniza, afasta, isola. A cidade criou os apartamentos, os desconhecidos, os meninos de rua, os idosos de rua, os esgotos, a violência, o desemprego, a exclusão. Mas, enquanto alguém se preocupar em servir um banquete no lixo, a ternura será preparada nos micro-ondas dos apartamentos. Uma mesa posta para repartir o pão se impõe como um radiante sinal do Reino dos Céus.

Minha situação é delicada, porque me sinto um privilegiado habitante da metrópole. Faz dias me observo ao espelho. Meu rosto não é desfigurado e, apesar de pequenos problemas cotidianos, compro dentifrício para dentes sensíveis e também com bicarbonato de sódio para clarear amarelados. Sorrio pela manhã e pareço bem.

Embora o banquete no lixo não tivesse destinatário, tenho certeza absoluta, não foi feito para mim. Pior, não me lembro de tê-lo preparado.

Antes que a carroça retorne

Dona Violeta vivia sozinha em um espaçoso apartamento. Mas guardava coisas inúteis trazidas da rua. Despertou a indignação dos vizinhos por pura inveja deles. Alguns vizinhos, por exemplo, achavam inútil um gato doente. Para eles, útil era ter um cofre com dólares para fazer compras em Miami, guardados em uma parede falsa, atrás de um quadro do Romero Britto. Chamaram a polícia e as agências sanitárias.

Agora entendo Dona Violeta. Queria ter a casa daquela senhora paulista com a síndrome de Diógenes. Eu trouxe um menino roubado nas calçadas. E me falta um lugar adequado para escondê-lo.

Se pergunto a sua idade, ele me mostra o polegar, o indicador e o anelar. Cabelos escuros por cor e sujeira, barriga saliente, pernas esquálidas e um rostinho infinito lambuzado com doce de leite vencido. Não pedi autorização para os pais. Distraíam-se carregando a carroça.

Dedicavam-se mais ao maior, de seis ou sete anos que, atento, aprendia o ofício. O menor, esse que eu trouxe para casa, ainda é criança demais. Ainda não vê diferenças entre latas e plásticos, ou entre tecido e papel. São poucos seus anos de mundo para tanto. Mas, no dia em que mostrar toda sua mão quando perguntado pela idade, já saberá distinguir todas as cores das lixeiras.

Entre um sorriso e um tombo, largava os segredos do lixo e interrompia a mulher sua mãe. O doce de leite estragado lhe trouxera saudades do escasso leite daquelas tetas. Enquanto, no alto dos prédios, pais e filhos planejavam férias, meu menino inventava seu parque entre os restos urbanos de um dia.

Eis o menino. Não parece encantado?

Sozinho não viria. De jeito nenhum. Fui obrigado a trazer numa caixa o seu mundo. Latas multicores, garrafas, tampas, vidros, jornais e panelas. O menino dá cambalhotas e sorri entre os trecos. Nem imagina riscos de cortar-se com faca oxidada ou contaminar-se com bactérias de coisas podres. Atira uma tampa de bule ao alto e um avião sobrevoa. Disquinhos de papel dos perfuradores caem como estrelas em seus cabelos. Uma grande tira de papelão virou a montanha russa mais longa da Terra. O lixo é um quarto mágico. Igualzinho ao das crianças de meu edifício.

Fitei o menino, ainda de peito, em seu parque, e fiz minha escolha. Já que está longe da mãe – desculpem, dentistas – manterei a chupeta. Apenas substituirei por outra, mais nova e mais limpa. Não quero vê-lo outra vez esfregando seu bico de látex na terra e, depois, no céu de sua boca sonhar um sabor chocolate. Coração de pai sempre se espicha.

O menino no meio do lixo parecia um deus miniatura. Com o poder da infância, transformava qualquer coisa em brinquedos e moldava um novo mundo com restos e velharias.

O menino agora está aqui. Com seu rostinho lambuzado de doce, me olha implorando cuidados. Esforcei-me, você sabe. Reuni sobre a mesa todos os meus frascos vazios. Inútil. Menino e doçura são grandes demais pra pequenos espaços.

Ao acenderem-se as primeiras luzes nos postes, a família subiu à carroça e, açoitando seu velho cavalo, sumiu no horizonte da rua. Ninguém apareceu aqui em casa procurando um menino perdido. Até agora. É preciso escondê-lo antes que venham resgatá-lo de mim.

Quase meia noite. Estou exausto. Abri e fechei gavetas, troquei os móveis de lugar, reuni todos os vazios da casa. Em vão. É pouco espaço para tanto mundo. Por falta de alternativas, esta crônica será meu berço singelo para ele. Espero que você, ao contemplar sua carinha lambuzada de doce de leite, me ajude a criar um mundo maior e mais doce para ele brincar. Temos até o sol da manhã do amanhã. Antes que a carroça retorne. Ou os vizinhos chamem a polícia.

Meditação curta sobre o fogo

Há coisas que devemos fazer muito raramente. Coisas que merecem ser feitas apenas uma vez na vida. Únicas, como nascimento e morte. Um vaso de cerâmica com antena de formiga na textura. Mesmo que todos os argumentos o justifiquem, mesmo extravasando o barril da tolerância, atear fogo ao próprio corpo não pode ser feito todo dia como se escova os dentes e se usa desodorante.

Por causa desta *rareza* de carbonizar o próprio corpo, esta agricultora, cujo cadáver a família levou do hospital, não me deixa as ideias. Os jornais trazem a notícia em primeira página. São coisas muito peculiares como uma vaca no apartamento ou criação de baleias em fontes japonesas. É preciso um garrafão inteiro de vinho colonial para levar coisas assim à realidade. Todos os familiares ouvidos falam de sua aparência feliz.

Seria mesmo?

Quem ateia fogo ao próprio corpo tem razões demais ou tem razão de menos. Autocombustão voluntária está entre os extremos do nascimento e morte e entre os extremos da razoabilidade, ou nos extremos cardiológicos.

O incêndio ao próprio corpo deve ter causa em um coração crescendo descontroladamente para dentro. Não falo da miocardiopatia hipertrófica que, conforme me disse um médico, "é uma doença genética hereditária e muscular do coração, que cresce para dentro e forma uma *banana shape*. Isso causa arritmia (descompasso do coração) e pode levar à morte". Não tenho dúvidas de que o incendiário de si mesmo sofra de um descompasso do coração. Mas tenho certeza de que seu coração jamais formaria uma *banana shape* para dentro.

Razões de mais poderiam ser um nojo com a vida ou com o mundo. O monte de anotações feitas durante anos – essa senhora tinha 52 –, uma lista enorme de compras para quem tem pouco dinheiro. As anotações da vida não seriam coisas a serem compradas, mas coisas a serem solucionadas, resolvidas ou dissolvidas. Uma lesma gigante sobre a qual se despejam caminhões de sal. Chega um momento em que as anotações ocupam tanto papel, a lesma está cada vez mais gigante no jardim e nos contam não haver mais sal em lugar nenhum do mundo. Então, compramos uns dez galões de gasolina, jogamos no jardim e molhamos a casa. Ateamos fogo em tudo e ficamos tranquilamente sentados na sala esperando a total consumição da lesma e da casa.

Razão de menos só pode ser enfermidade do cérebro. Uma dessas insanidades que a ciência – com seu milhão de teoremas – declara crônica. A senhora decerto perdeu a razão quando foi tirar o leite das vacas de manhã e, sem mais nem menos, achou que a gasolina era apenas uma água com manjericão para tirar o cheiro de esterco do corpo.

Mesmo se for por excesso de razão ou por falta, de minha parte, acho tudo simples e transparente. Coisa semelhante à água daquela fonte entre as bananeiras onde a senhora em combustão mergulhava a caneca depois de horas e horas capinando o milharal. Nascer e morrer, incendiar e apagar, razão de muito ou razão de pouco, nada mais importa quando a gente escuta o raro clamando para ser feito. Como um chimarrão implora feitura no chiar da chaleira.

Arder de amor. Queimar de angústia. Riscar um fósforo no cérebro. Escrever me permite, pelas metáforas, aguentar a existência. De algum modo, criar pela literatura uma realidade semi-imaginada é um modo de ser louco. Posso, a qualquer hora, brincar com o fogo. Faço, sem nenhum risco ou dano, aquilo que – se eu vivesse apenas de realidade – nunca encontraria explicações para tê-lo feito.

Humanos ou dançarinos

Amanheceu morto, sem qualquer explicação, nosso peixinho. Já é o segundo com essa falta de consideração com a gente. Não sei se fazem de propósito ou é mero esquecimento. Morrem sem avisar. Tivemos apenas um que foi um pouco mais piedoso conosco. Foi ficando meio triste, entediado com o aquário, foi definhando. Por fim, confundiu o azul do céu com o azul do mar e se mandou.

Eros – a quem homenageamos com o mesmo nome do cantor italiano preferido de minha esposa – talvez não gostasse de despedidas. Ou não pressentiu sua grande importância em nossa casa. Pode ser exagero de cronista querer esperar tanto de alguém com um mundo tão pequeno, apenas meio litro de água num hexágono de vidro.

A mesma manhã me trouxe também a história de um menino que morreu sem avisar ninguém. Em algum lugar da cidade, num balde com mais ou menos quatro dedos de água, um menino de oito meses morreu afogado.

Enquanto a mãe banhava o irmão gêmeo, o pequeno quis brincar. E, como nosso Eros, sem ter avisado a mãe, ou as tias, ou o pai e a avó, confundiu o azul refletido na água do balde e retornou como um anjo para o céu.

Se soubéssemos da partida do Eros teríamos tentando evitar. A família do menino também. Quem sabe doariam todos os baldes da casa para os vizinhos e ficariam apenas com as bacias. Poderiam ter suspendido o fornecimento de água, começado a lavar as roupas a seco. Mas ninguém desconfiava dessa tragédia tão estúpida quanto nossas ideias sobre o Universo.

Embrulhamos *Eros* num papel alumínio e, como vingança por sua falta de tato com nossos sentimentos, o colocamos no lixo. Eu sei que essa verdade não é muito lírica. Ficamos tristes com sua morte. Mas não contratamos carpideiras, nem serviço de funerária. Pelo ano e meio em nossas vidas até mereceria. Tinha um jeito único de comer larvas secas todas as manhãs. Muitas vezes também tive a impressão de que tentava contar-me alguma coisa.

Em *A Garota das Laranjas*, Jostein Gaarder narra a história de um pai que deixa, no forro do carinho de bebê do filho, uma carta para ser lida um dia. Ele é médico, tem uma doença incurável, seu filho é muito pequeno para entender a morte do pai. Então ele conta tudo para o futuro. Na adolescência, o filho descobre a carta e passa a viver as histórias do pai para entender as perguntas naturais nessa fase de questionamentos sobre o sentido da vida. Nada substitui a presença de alguém. Mas as palavras do pai, na narrativa do amor pela mãe do menino, conseguem vencer, de algum modo, a morte.

A princípio, salvo se um dia descobrirmos ser diferente, os humanos são os únicos seres com consciência de sua mortalidade. Mas isso não nos ajuda muito. Ante a morte de um ente querido ou de um bichinho de estimação, seremos sempre ignorantes. Não temos nenhuma explicação satisfatória. Dizemos "descansou", como se cansar-se da vida fosse possível com tantas coisas inéditas para serem feitas. É resposta boba para perguntas sem respostas.

Meu dia terminou ao som do *The Killers:* "*I'm on my knees. Looking for the answer. Are we human? Or are we dancer?*".

A orelha de Van Gogh

Holanda em postais: um tapete de tulipas vermelhas, moinhos de vento como gigantes quixotescos sob o sol. E se imagino um holandês, é Van Gogh quem aparece. Com a ansiedade dos famintos, despeja tintas em telas, densas e turvas camadas. E a espátula vai parindo corvos negros, campos de trigo, girassóis, ciprestes fantasmas. Tristes quadros. Tudo extremamente vivo.

Van Gogh é o holandês mais famoso do mundo. E sua orelha ausente – mais do que todas as de Pitangui – é a mais enigmática do mundo.

Sobre a orelha que não aparece no "Autorretrato com orelha enfaixada e cachimbo", 1889, há várias histórias. A versão mais conhecida relata uma autoflagelação do pintor perturbado. Após uma das muitas brigas com Gauguin, com quem dividia o ateliê, como pedido de desculpas, teria cortado a própria orelha e entregado ao colega. Outros contam que a orelha teria sido ofertada a

Rachel, uma prostituta por quem se apaixonou. Certa é a sua coragem e decisão drástica.

Lembrei-me da orelha de Van Gogh esta semana, ao vasculhar a internet lendo notícias amenas. O reality show "De Grote Donorshow" – show do grande doador – na Holanda, colocou na TV uma mulher, Lisa, paciente terminal. Diagnosticada com câncer, devia escolher entre pessoas de uma fila de espera aquela que seria agraciada com um de seus rins. Por telefone e e-mail, os telespectadores deviam orientá-la na decisão.

Antes mesmo de ir ao ar, numa sexta-feira à noite, o programa dividiu a classe política, a opinião pública e os moralistas holandeses. O primeiro-ministro disse a Deus e todo mundo que não assistiria ao programa por ser de conteúdo absolutamente antiético. O deputado democrata-cristão chegou a pedir ao parlamento holandês a suspensão do atrativo.

No ar. Um milhão e duzentos mil espectadores ligaram seus televisores para assistir ao drama. Um número impressionante para um país como a Holanda.

No final da exibição, um segredo foi revelado. Lisa não tinha um câncer em estágio irreversível. Era apenas uma atriz. Os receptadores, embora necessitassem realmente de um rim, estavam conscientes da farsa televisiva. A produtora criou a atração para conscientizar os holandeses sobre a importância da doação de órgãos e tocar a opinião pública quanto à escassez de doadores no país.

Indignados por terem sido vítimas de um trote emocional, 100 assinantes da emissora cancelaram seus contratos antes do fim da exibição. Entretanto, mais de 12.000 holandeses se inscreveram como doadores durante o espetáculo, e esse número vem crescendo dia a dia.

O que aconteceu na Holanda de modo específico revela-se genérico no mundo. No Brasil, também são frequentes as campanhas promovidas pelo poder público e instituições de saúde. Elas alertam sobre a escassez de doadores de sangue, órgãos e tecidos. E, quase sempre, um nome sucumbe na fila de espera. Tristes telas.

O *reality show* holandês e as versões da história de Van Gogh são possibilidades simbólicas. Na TV ou na vida, fazemos constantes escolhas. Na vida, como na arte, o simbólico vence. O que sempre me impressionou no mais eficiente dos impressionistas foi a doação da orelha. Se quem recebeu foi um amigo ou uma prostituta também é desimportante. Importa uma decisão rápida, talvez não muito racionalizada, em favor de uma causa certa.

Para mim, o movimento e vida da pintura de Van Gogh, seus girassóis, seus campos de trigo, seus corvos e, também, as tulipas e os moinhos de vento da Holanda se explicam naquele impulso de cortar a orelha por uma causa. O mundo carece de gênios impulsivos.

Eu nunca serei um Van Gogh. Mas na renovação de minha carteira de motorista, fiz constar meu desejo de ser doador de órgãos.

Às palavras esquecidas

Era um tempo em que um foque iluminava o caminho de um serão. As mocinhas saíam de eslaque e os mocinhos de brim-coringa. As mocinhas tinham lá seus encantos, tímidas protuberâncias sob os corpinhos. E as algibeiras dos mocinhos rasgavam de caramelos. Era um tempo em que as palavras se achavam eternas. Não eram.

Em cem anos, dizem os especialistas, 40% dos idiomas do mundo terão desaparecido. Algumas palavras nunca mais serão pronunciadas. Parece desimportante. Às vezes sinto a necessidade da palavra foque, quando a penumbra engorda. Às vezes tenho saudade da palavra eslaque escondendo as pernas das moças. Não é moralismo. Todas as pernas eram perfeitas sob o eslaque. A imaginação masculina não tem tempo para estrias ou celulite. Às vezes dou-me a imaginar os corpinhos. Quando eu falava corpinho não mordia silicone. Contra o fel do mundo me faltam caramelos. Uma algibeira cheia. E meu brim-coringa levou consigo as cicatrizes de matagais e banhados.

Tenho saudades do foque, não por questão sonora. É por questão luminosa. A palavra foque tinha brilho e foi apagada. A palavra corpinho enchia os olhos; hoje parece um balão furado. A palavra eslaque tinha curvas. Suas curvas foram passadas a ferro do tempo.

Voltemos aos idiomas. Os linguistas estão preocupados. Com as palavras, estão morrendo conhecimentos. Muitas línguas indígenas da Amazônia estão extintas. Com as palavras viraram pó segredos de plantas e curas que só aquelas palavras sabiam. Há pouco, muito se discutiu sobre um possível irmão de Jesus enterrado em uma tumba no oriente. Estava escrito. Divergiram os estudiosos se a palavra irmão naquela época significava filhos da mesma mãe. A palavra lá grafada, já morta, teria um sentido diferente daquele ao qual nos acostumamos. A palavra irmão não é mais a palavra irmão. Ou seja, a palavra do aramaico morreu com a língua e com ela o sentido. À mãe, um filho nascido jamais substituirá um filho morto. Assim são as palavras.

Palavras morrem, de outras ouvimos o primeiro choro. Como salvar os idiomas? Como presentear às palavras o melhor do mundo? Onde procurar as verdades das palavras múmias?

A nós as penas dos cúmplices. Marchamos submissos à linguagem global como se inexorável fosse. É preciso, contudo, salvar a pluralidade. Cada palavra perdida leva consigo um pedaço dos homens. Cada idioma perdido leva consigo um pedaço de saberes e de vida. Ah, se eu tivesse me iluminado mais dos foques, se tivesse apalpado mais os corpinhos, se tivesse provado mais caramelos.

No futuro morreremos de saudades de muitas palavras. Se a palavra saudade não morrer como as outras.

Dor e compaixão

Homens e mulheres são, na verdade, esconderijos da dor. Descobri quando minha esposa e eu sofremos uma grande perda. Restou tão só uma dor robusta. Quem sofre como um apaixonado, logo tem vontade de sair contando aos quatro ventos. No nosso caso, vontade de sair se lamentando da crueldade da vida. Tanto na dor, quanto no amor, a paixão tem a mesma raiz etimológica: padecer. A diferença da paixão do amor e da paixão da dor está no fato de que apenas esta última é passível de compaixão. Isso também descobri. No caso do amor, é difícil amarmos com o apaixonado. No caso da dor, a cada instante encontramos alguém disposto à compaixão.

Pela compaixão descobrimos esconderijos em pessoas longe de qualquer suspeita. Se a paixão de amor vem e vai – logo nos apaixonamos por um novo amor – a paixão da dor apenas se esconde. Se o amor, com o tempo, começa a guardar o amado para si mesmo, a dor escondida se despe do ocultamento ante outro ser dolorido.

O esconderijo abre suas portas e a dor do passado se faz unguento para as feridas do outro. A paixão sublimada e superada transforma-se em palavras de conforto para um sofredor inexperiente.

Todos, sem exceção, escondem alguma dor. É assim. Nós nem nos damos conta. Passei a perceber como a vida é sábia em esconder a dor. Como um calo já seco, ela se esconde na sola dos pés, dá impulso na estrada, protege de pedras e espinhos.

Surpresa nesses dias. Quem sabe de nossa dor vai se achegando; pé por pé, desfia suas dores à meia voz. Nunca imaginamos as dores dos outros. Amigos e conhecidos. No passado, tiveram dores semelhantes ou piores e seguem a vida, discretos. São filhos que perderam pais, pais que perderam filhos, tragédias mimetizadas pelo tempo. De repente, ao expormos nossa dor única, os outros chegam com palavras de conforto e vão desembrulhando suas dores invisíveis. Na solidariedade, a dor se destila em compaixão. A fragilidade da vida não poupa ninguém.

Com o passar dos dias, sublimamos nossa dor e a embrulhamos em papéis transparentes de seda. Podem ser vistas, mas permanecem guardadas.

Mais pesados que a vida

Não é a primeira vez em jornais. Tornou-se notícia sem importância o assassinato de jovens por causa de um tênis de marca. Parece falcatrua de políticos. Resolvi escrever esta crônica porque já ando sem vontade de ler essas notícias corriqueiras. Não quero que aconteça com você. Matarem meninos e meninas por causa de objetos da onda não pode ter o destino das notícias de corrupção: sacudimos os ombros e vamos aparar as unhas.

Ando confeccionando perguntas, sem medo. Colho respostas desconcertantes. Quiçá por estarmos engravidando aqui em casa. Não gostaria que dessem de ombros e fossem ver futebol ou aparar as unhas depois da morte de meu filho. Eu ficaria indignado, entende? Então, escrevo como um pai de amanhã. Desse modo, eu escrevendo e você lendo, pensamos. Evitamos a morte dos filhos dos outros enquanto não chegam os nossos.

Tome uma folha de papel. Anote razões para alguém matar por um tênis. Nenhuma ideia? Mas, se as coisas acontecem, razões haverá. Pense: o assassino toma uma balança, dessas nas mãos da justiça, põe o tênis num prato e a vida de nosso filho no outro. O que pesa mais?

Puxa o gatilho. Friamente. Depois de somar e diminuir. Isso acontece em instantes menores que esse parágrafo.

Absurdo! Se a balança está correta, tornou-se a vida sem peso ou fazem-se tênis muito pesados?

A vida desvalorizou-se. Todos dizem o mesmo. A vida desvalorizou-se, pesa pouco quando, na balança do garoto assassino, a vida de outro garoto não alcança dois quilos de material sintético.

Proponho novas explicações. Não há possibilidade alguma de alterarmos a massa da vida. Ela não está sob nosso domínio; as coisas, sim. Tênis andam com seu peso inflacionado. Resposta mais convincente. Vendem-se na publicidade e todo mundo acredita que jovem vida só tem valor ou sentido em "coisas iradas". Aí, fazemos de tudo para dá-las a nossos filhos para que eles não se sintam assim tão desprezados. Mas há meninos que não têm pais tão bons ou, sendo bons, pais com dinheiro para comprar tais objetos com mágicos poderes. Esses meninos assassinos não matam por coisas. Matam por sua vida. Procuram a vida nas coisas de nossos filhos porque nossos filhos, antes e ingenuamente, nessas mesmas coisas puseram a sua.

Só perde a vida por um tênis ou uma camiseta de marca quem, mesmo sem se dar conta, pôs neles mais vida do que na vida mesma.

Máquina de auroras

Esquecemos a aurora, essa aura do dia. Aquela transfiguração nos corpos fotografada por uma máquina especial. Conforme as cores, dizem, é possível saber muitas coisas sobre a alma das pessoas.

Descobri uma das razões do problema: perdemos o horizonte. Como se não bastasse a desconfiança de tudo e de todos, o *homo urbanus* perdeu o horizonte. Com a perda, foram-se anexos o nascer e o pôr-do-sol. Aqui em casa vemos o sol apenas lá pelas dez da manhã e, às dezessete, já se esvai atrás de uma torre de cimento. O horizonte foi substituído pelos edifícios. Eis a causa da agonia do lirismo nas grandes cidades. O horizonte, abstrato e inalcançável, foi substituído pelo concreto.

Eu viajava para uma cidade do interior gaúcho para conversar com alunos em uma escola do leste. Moro no noroeste. Amanhecia.

Depois de muito tempo, vi um amanhecer no horizonte. Lembrança quase anêmica. A aura do dia tem muitos tons de vermelho, e de amarelo, e de laranja. O sol vai desgrenhando seus cabelos de fogo, depois assomam as sobrancelhas de cobre. Em poucos segundos, seus olhos arregalados em ouro acordam o mundo. Vi o nascer do sol entre montes e campos. Se eu fosse uma criança, teria visto uma aparição de Nossa Senhora.

Não tenho essas máquinas para fotografar auras. Também não tenho máquina fotográfica profissional, cheia de recursos. Levo comigo uma máquina antiga. Só tem *flash*, um desenho de sol e outro de nuvens. Parado no acostamento, olhei bem ao redor da lente para ver se não tinha um desenho de sol nascendo. Não tinha. Como tiraria uma boa foto se minha máquina não tem opção para sol nascente? Tentei deixar o marcador num espaço intermediário. Não deu. Pelo sim, pelo não, tirei fotos de tardes nubladas e de meio-dia.

De repente, uma sombra com chapéu e bombacha aproximou-se:

– Quem lhe autorizou a tirar retrato das minhas terras?

Virei-me. O homem me olhava, rosto compenetrado e sério. Retribui com um olhar gentil.

– Bom dia. Não fotografo as terras. Tiro foto do nascer do sol. Achei bonito. Não via algo assim faz tempo.

– Então o senhor acha bonito o nascer do sol? Pois eu nem tinha *arreparado*. A gente se acostuma. Mas tá enfeitado mesmo! Tive uma boa prosa com aquele sujeito. Depois do primeiro contato, mostrou-se amigável. Até me convidou para um mate. Não pude. Precisei seguir viagem.

Os urbanos perdemos o horizonte. Os poucos homens rurais também. Na cidade ou no campo, medo e desconfiança. Um esquecimento alastra penumbras. É preciso inventar com urgência uma máquina fotográfica especialíssima. Nada de fotografias digitais ou fotos de auras. Precisamos de uma máquina de auroras.

Estamos perdendo o horizonte. Tomara que, em alguma escola do mundo, algum jovem esteja inventando uma máquina de auroras para os amanheceres do futuro.

Novos ônibus

Vou e volto. Estão esperando. A qualquer hora, estão esperando. Nas paradas de ônibus da avenida, esperando. Menores de idade e maiores. Sorriso apagado, cigarro aceso. O sol queimando as horas. Uma viagem por ser feita. Alguém ou algum lugar as espera.

Todas as tardes, durante a caminhada, vejo suas silhuetas. Pretendem mesmo viajar assim? Não seriam adequadas as roupas, nem confortáveis. Sandálias de salto, calças justas, decotes, muita maquiagem. Em bolsas pequenas pouco se guarda. Mala lhes falta. Haveria uma festa por acontecer em algum lugar da cidade todos os dias?

"Que horas são, tio?" – perguntou-me, uma tarde, a de blusa vermelha. "Dezoito em ponto", eu disse. O ônibus não vinha. Precisava esperar. Baixou a alça da blusa, acendeu um cigarro, olhou-me sedutora. Seguiu esperando.

Estariam na parada errada? Sonham viajar para uma cidade inexistente? Esperariam um príncipe num cavalo branco ou uma carruagem de contos de fadas? Esperam algum ônibus para a Escola de Magia com Harry Potter?

O que é certo é que têm paciência; parecem monjas beneditinas. Caminho uma hora e pouco. Vou e volto. Permanecem. Confusas e indecisas. Retocam a maquiagem, trocam a perna de apoio, ajeitam o decote, renovam o cigarro. Não conhecem bem a linha, perderam as referências. Por conta da indecisão, o tempo passa. Algumas envelhecem ali sem se dar conta.

Já elaborei muitas hipóteses. Saberiam aonde ir, mas não teriam o bilhete? Estariam querendo mudar de país ou planeta? Difícil saber.

Já sei. Esperam uma linha não inventada. É o mais razoável. Um ônibus novo que as levará para um bairro com dignidade, uma cidade com trabalho, cultura, escola, família, felicidade.

Dia desses observei. Um carro antigo estacionou logo depois da parada. Após um pouco de conversa à janela, uma delas pegou uma carona. Quem sabe se cansou de esperar esta linha nova e resolveu voltar para casa. Ou, então, aquele homem de meia idade conseguiu convencê-la a regressar amanhã, quando a nova linha já estará funcionando.

Outras quatro ou cinco seguiram no ponto. Elas pensam que os novos ônibus podem começar a circular ainda hoje, a qualquer hora. Querem ocupar os primeiros lugares.

Pão para os pássaros

Enquanto eu estava de férias, enforcaram Saddam Hussein. Ano de 2006, antes do Ano Novo. Até hoje não há consenso nos países do mundo todo. Seria mesmo preciso chegar a tanto? Falta de consenso também entre os iraquianos. Houve comemorações e protestos. Talvez, melhor teria sido uma cirurgia. Separariam o homem em dois, um para os curdos e xiitas, outro para os sunitas. Uma parte, mártir, outra, genocida. Por qual razão milhares de iraquianos ainda se enternecem com Saddam?

Por um folheto informativo da FUNAI, soube do costume de algumas tribos brasileiras de matar bebês gêmeos. Neles, a alma – com uma dimensão boa e outra má – ficaria dividida. Um portaria o bem, e o outro, o mal. Não sabendo quem é quem, protegem a tribo pela morte de ambos.

Assim, quando um médico da aldeia verifica uma gravidez gemelar, a FUNAI costuma levar a indígena para

Manaus sob o pretexto de que a criança se encontra em perigo. Vindos à luz os bebês, um deles é doado para outra tribo.

O que sabemos de Saddam parece justificar sua condenação. Como sou contrário à pena de morte, se tivessem me perguntado, teria votado contra. Mas eu estava de férias. A morte de 142 civis xiitas em 1942 foi o principal motivo. O genocídio de curdos em 1988, segundo contaram, com armas químicas, outra razão. Pelo que nos contaram, pelo que ficamos sabendo, Saddam tinha apenas uma alma muito ruim, uma alma extremamente má, e, quem sabe, a outra parte tivesse ido para Madre Tereza. Para Saddam, a forca. Para Madre Teresa, os altares.

Enquanto Saddam caiu no cadafalso – olhando para todo mundo e visto por todos graças a um celular com câmera – passei minhas férias tentando compreender os milhares de iraquianos chorando nas ruas.

Durante todo o resto de minhas férias olhei-me no espelho para ver se meus olhos ficariam bem com uma forca no pescoço. Olhei-me ainda para procurar um pedaço de maldade em mim. Criança, quando ainda não era para ter maldade, inventei uma pandorga de passarinhos. Os passarinhos, depois de presos em armadilhas, eram amarrados em linha de anzol. Voavam presos, enquanto eu corria pelas estradas. Havia outra coisa: apedrejava plantas para que frutificassem mais. E, algumas vezes, já tive vontade de degolar alguém.

Após o enforcamento, o Sargento Robert Ellis – que cuidou do enforcado no cativeiro – declarou para os jornais que o ex-ditador lembrava as histórias contadas a seus filhos para que dormissem sem medo. Relatou, também, que o terrível Saddam Husseim, nos momentos em que podia caminhar por um lugar aberto, regava as flores e alimentava pássaros com cascas de pão.

paRte III
A FloR

Tenho em mim uma flor.
Crônica, quase perene,
perdura estação após estação,
sem se cansar da vida.

Exercícios de ter esperança

Um galho qualquer enterrado num pote. Foi um menino do prédio que me chamara para ver sua árvore plantada. Ele havia juntado na rua um pedaço de árvore esquecido pela limpeza urbana, resto de poda. O galho já perdera as folhas, era apenas um esqueleto de árvore. Um braço que já perdera todo o seu verde, toda sua seiva, todo sonho de tocar as nuvens.

Pensei, mas não disse, "menino, um galho enterrado não tem futuro de árvore! Pede ao pai um dinheirinho e compra uma árvore ali na floricultura". Ele o regou por dias, três vezes em cada, até secar completamente. Depois, elaborou explicações: a árvore perecera por falta de água. Então, me lembrei do tempo em que plantávamos mandioca em galho. Os galhos, ramas, guardam-se durante o inverno. Na primavera, são enterrados. Quase secos. Um dia raízes e brotos nos surpreendem rasgando a terra.

Manoel de Barros tem um poema-história, *O menino que carregava água na peneira*. A mãe o desencoraja, a princípio. "A mãe disse que carregar água na peneira era o mesmo que roubar um vento e sair correndo com ele para mostrar aos irmãos. A mãe disse que era o mesmo que catar espinhos na água. O mesmo que criar peixes no bolso". Com o tempo, a mãe descobre o menino poeta. Carregar água na peneira pode não ser um despropósito. A mãe repara o menino com ternura e lhe diz: "Meu filho, você vai ser poeta. Você vai carregar água na peneira a vida toda".

Ninguém consegue viver sem meninos e meninas fazendo peraltagens por dentro. Jesus – de quem tudo o que se sabe da infância é que "crescia em sabedoria, estatura e graça" – põe a chave de entrada do Céu no coração infantil. Não me parece adequada a interpretação por ingenuidade ou inocência. Os meninos do Reino são benditos por exercitar esperanças. Se o galho não brotou, não foi incapacidade dele. É culpa das regas poucas.

A razão é insuficiente para manter a vida. O amor também. São Paulo aos Coríntios diz que o amor é o mais importante. Discordo em parte. O amor será o mais importante depois. Aqui no mundo, tudo se enraíza na esperança. Sem esperança, o amor é infecundo. A esperança é a primeira vivente e última sobrevivente. Sem ela não sobrará amor. Nem fé. Porque o amor e a fé só brotam em corações palpitantes. Só a esperança desfibrila.

Nos tempos de Cristo, velhinhas rezavam pela paz, que ainda não veio. Confiavam em Pilatos, que se vendeu aos romanos. Acreditavam na justiça e assistiram a um julgamento sem defesa. Elas amavam e recebiam apenas um copo de água. Tiveram filhos, viram ruir seus dias mendigando no templo.

As velhinhas e velhinhos ali na praça já velaram amigos mortos por males incuráveis e sempre acendem velas nas igrejas e cemitérios. Eu, aqui nesta janela, ainda tenho alegrias quando me coça a mão esquerda e me levanto sempre com o pé direito.

Se um galho seco não criar raízes, deve ser por pouca rega. Algo imprescindível deixou de ser feito. Usar peneira como balde, roubar um vento e criar peixes nos bolsos são coisas de criança. Sempre estamos à janela esperando a volta de um pássaro, uma nova flor pela manhã. Quando demoram, tomamos um barro e vamos fazendo explicações. Apenas meninos e meninas nos propõem exercícios de ter esperança. Apesar dos pesares, seguimos rezando pela paz, acreditando no governo, confiando na polícia, amando, estudando, tomando remédios, tendo filhos, apostando no ser humano.

Às dez horas da manhã, o menino do prédio, entre verdes plátanos, passeia na praça com sua bicicleta. Ao seu redor, em escritórios e lojas, em consultórios e apartamentos, meninos crescidos desgastam-se regando galhos secos dia após dia. Como poetas de Drummond, eles inventam coreografias para a luta cotidiana da vida.

O milagre do gambá

Ter um gambazinho em casa? Difícil. Fácil é ter um gato, um cachorro, um canário e até um iguana. Conviver com um gambá exige um pouco mais de desprendimento e tolerância. Por isso, fiquei feliz ao ler no jornal a notícia de uma menina que adotou um gambazinho. A mãe-gambá foi atropelada, o gambazinho sobreviveu. Uma garota ficou compadecida; levou o bichinho pra casa. Todos os dias, lhe oferece mamadeira e carinho. Não lembro a cidade da Grande Porto Alegre nem o nome da moça. No meio da fria metrópole, um gambazinho órfão encontra amor e acolhida.

Muitas vezes senti o cheiro asqueroso do mundo. Ninguém suporta as diferenças, as pessoas se agrupam por afinidades: os evangélicos querem converter os católicos, os católicos querem convencer os evangélicos, as mães querem curar seus filhos *gays*. Nos orfanatos, sobram crianças negras e soropositivas.

Uma menina hospeda um gambá em seu quarto.

Nestes tempos de aparência e beleza, de cosméticos e de plásticas, uma garota adotando um gambazinho é zebra com listras rosadas e azuis. Judeus e palestinos num mesmo território, católicos e protestantes na mesma rua na Irlanda, paz nos campos de futebol.

Fechei o jornal e fui tirar da caixa-de-areia o cocô do meu gatinho.

Assopra que sara

Tenho algumas cicatrizes de criança. Os hospitais eram distantes, as benzedeiras, perto. Porém, dez filhos vezes cinco choros por dia é igual a cinquenta idas à benzedeira. Muito para uma só mãe. Um abraço e um assopro – Deus na criação – curava tudo, ou quase. Foram-se as feridas, ficaram essas cicatrizes como se fossem tatuagens voluntárias de um soldado de guerra.

Meus irmãos e eu nascemos de parto normal. Minha mãe gostava de mostrar seu ventre sem cortes. Sentia-se orgulhosa de sua natureza de índia caingangue.

Todos os dias, por baixo da porta, entram os jornais e notícias de amigos medicando-se para a tristeza. Os comprimidos tornaram-se curingas emocionais. Trocam-se frustrações por pílulas, amores por pílulas, mortos por pílulas, sonhos por pílulas, notas baixas por pílulas, contas por pílulas, dúvidas por pílulas.

Com todas as minhas peraltices na infância, se frequentasse hoje alguma escola, com certeza eu seria tratado com uma pílula. As escolas querem muitos alunos. Mas, de preferência, domesticáveis.

A anestesia em excesso estigmatizou a dor. Heróis sofredores andam decrépitos. Popularizaram-se os analgésicos, os hospitais, os médicos, os especialistas, as cesarianas. Benzedeiras são falsas; as parteiras, perigosas; as mães, ignorantes. Uma nuvenzinha de dor no horizonte, chamamos o helicóptero do plano de saúde. Com tantos diagnósticos precoces e eficazes, a função de denúncia da dor tornou-se desnecessária.

Pais e mães do século XXI se desesperam ante qualquer dorzinha do filho. Se ele chora ou não dorme, se arrotou diferente, se o xixi aumentou, soará o celular do pediatra. Partem em desespero para o pronto-socorro mais próximo. Um assopro sequer é cogitado. A angústia lhes esgotou qualquer fôlego para isso.

Não sou advogado da dor. Não. Jamais. Da dor física, nunca. Não defendo masoquistas, nem sádicos.

O problema é que analgésicos do corpo amorteceram a alma. Ninguém mais tem coragem de amadurecer suas dores, ninguém mais está preparado para seus ferimentos, suas pequenas e necessárias carências cotidianas. Ou seria tudo isso para melhor entender Camões na sua paráfrase a Paulo de Antioquia: "O amor é fogo que arde sem doer, é ferida que dói e não se sente"?

A ciência iguala médicos da alma e do corpo. Tornaram o espírito apenas um órgão a mais, esmiuçado em alguma especialidade. Tudo se cura com um mesmo remédio: eritema, equimose, feridas, fraturas, tumores, tristezas, dores do ciático e do amor.

Os meninos deste século não levarão cicatrizes para o futuro. Com as cirurgias plásticas, um ventre sem corte não garante virtude ou coragem. Quanto às dores da alma, contudo, essa pílula-coringa é placebo.

Desculpem o cronista. Escrevo num tablet, mas para algumas coisas prefiro o tempo antigo. Minhas dores da alma eu as trato com benzedeiras, parteiras, rezas e simpatias. Quero deixar para meu filho a herança recebida de meus pais assopra-dores.

Flor celular

O progresso gera, entre outros, um efeito colateral: as sobras. Quanto maior a evolução da técnica, maior o problema do resto. Um simples bolo – mais que fazê-lo crescer, dar-lhe um sabor palatável e torná-lo vistoso – pede cuidado com a farinha no chão e respingos nas paredes. Um pé-de-vento correu pela cozinha. Esqueci de desligar a batedeira antes de tirá-la da massa.

Sobras são retalhos de nossa fantasia de Deus. Inventar é prova de inteligência. Antes, durante e depois todo *homo faber* deve preocupar-se com aparas e consequências. É próprio da casa ser habitável. Se os exercícios culinários não forem sucedidos por outros de limpeza, a farinha e a massa invadirão todos os cômodos. Restos desembestados tornarão inabitáveis até os mais recônditos cômodos.

Desperdícios na cozinha são pequenos quando comparados ao atoleiro de lixo das metrópoles.

Dejetos nos circundam sem escrúpulos. Publicidade ecológica do governo apresentava, embaladas como presente, coisas fora de uso. A voz em *off* explicava: "presente de fulano para seu neto", "presente de sicrano para seu filho". Latas, pneus, garrafas, plásticos... Filhos e netos não merecem uma casa imunda como herança. É fácil conjugar ciência com sabedoria. O homem sabe, o homem pode, o homem tem razoabilidade para fazer um bolo e resolver os inconvenientes. O lar faz-se habitável, basta querer. Acaso não inventamos plásticos biodegradáveis e combustíveis não poluentes?

O consumo gera restos. Muitíssimos. Abandoná-los nos rios, na terra ou no espaço não é sequência necessária. Os dejetos da técnica e do consumo podem virar flores e plantas. Até animais. É sério.

Você já imaginou plantar no pátio seu velho celular e ter um girassol desabrochando em alguns meses? Se os fabricantes quiserem, é possível.

A invenção nasceu da parceria entre a uma universidade do Reino Unido e uma famosa marca de eletrônicos. Trata-se de um aparelho celular feito de polímeros biodegradáveis que, em contato com o sol, torna-se uma porção de poeira. Dentro do celular, os fabricantes inserem uma semente de flor. A semente é vista por uma pequena abertura. Germinará quando o telefone for plantado. Considerando o avanço supersônico da tecnologia celular, o futuro nos espera com metrópoles floridas e perfumadas.

O exemplo dos celulares poderá ser aproveitado para outros lixos tecnológicos. Quem sabe um liquidificador que se transforme em mico-leão-dourado, um automóvel que vire baleia, uma lata de cerveja que, ao ser jogada na rua, alce voo feito um passarinho.

O rangido

Um filho catador de papel leva sua mãe em uma cadeira de rodas pela cidade. Em cada lixeira de prédios ele para, calça a cadeira enferrujada com uma pedra, põe-na em diagonal à calçada para que não se desgoverne. Depois de revirar os sacos, escolhe o resto mais bonito, o mais cheiroso, e o leva à boca de sua imóvel mãe. Se ela não quiser, será dele depois. Com um jornal, limpa a boca da mãe, e a sua. Se sobra houver, a guardará num saco plástico amarrado ali onde se empurra. Será o jantar. Depois ele segue, irá para a lixeira do prédio seguinte, depois para outra, e assim o dia escorre.

O amor é protagonista da vida humana. Ao tirarmos sua essencial qualidade, erramos na pedra. Humano não é apenas o que sorri, o que trabalha, o que arruma os cabelos. Homem é ser que ama. Nisso está sua redenção e sua desgraça.

Sentimos o amor de modo confuso. Tudo amor parece. Chamamos amor a muitas coisas sem merecimento.

Somos donos de uma ferida escura. O amor é uma ponte levadiça. Às vezes é ponte, às vezes atrapalha a passagem dos barcos. Há tardes nas quais a ponte se eleva para que a viagem prossiga. Em outras, alguns emperramentos da ponte se fazem. Tudo para por dias e dias, como nas obras públicas. Então um menino chega, põe na ponte um pouco de óleo da correia de sua bicicleta e o ciclo da roda dentada do amor retoma seu eixo.

Quando abro os jornais pela manhã, há um canhão mirando meus olhos. Há muitas coisas trocadas por outras. Amor não há. Só há nos jornais as coisas que foram trocadas pelo amor. Há um canhão calçado na dobra das folhas. O canhão está posto entre as coisas trocadas, como um farol numa ilha. Este canhão é o farol de toda manhã. É canhão carregado, mas dizem que é farol. Precisando navegar, a gente acredita.

A família já não ensina o amor. Não ensina porque não vive. A família passou a ser funcional e prática. A família perdeu-se do amor porque foi encampada pelo estado e pela religião. Que um homem e uma mulher se casem, tenham filhos, os eduquem e os devolvam preparados é um excelente negócio para a sociedade. Isso não quer dizer que faz bem ao indivíduo. Culpa de todos. A maioria se casa apressado, na corrida, decidem se casar entre cachorros-quentes, muitas cervejas e música ruim. Nada há de amor. Acertos, conveniências, hipocrisias, negócios. É preciso inventar um alambique para destilar o amor. Ferveremos pilhas de bagaço fermentado. Depois será preciso embriagar-se, o que nem sempre é visto com bons olhos.

Além dos inimigos externos, o amor tem seus inimigos intestinos. O amor próprio, por exemplo. O amor ideal, também. O amor arranjado em igreja ou cartório seria o terceiro. Nada disso funciona. O amor deve aparecer como milagre, como dádiva, um campo de trigo no centro da sala.

Nunca vi o filho dizer uma palavra para a mãe, ou a mãe dizer uma palavra para o filho. Só há o silêncio. O silêncio apenas se ausenta quando se deslocam de uma lixeira para outra. A cadeira range ritmada pelo giro das rodas não lubrificadas.

Amor é esse rangido da cadeira, entre uma lixeira e outra.

Língua encantada

É noite. O pai lê a história de Chapeuzinho Vermelho para acalentar o sono da filha. De repente, uma capa púrpura, como um cometa, cai sobre o varal no pátio da casa. São as primeiras cenas do filme *Coração de Tinta*.

A mãe desapareceu. Ninguém sabe exatamente como. Meggie mora sozinha com seu pai. Além de guardador do mistério da mãe, aos poucos, a menina descobrirá mais outro segredo de seu pai. Ele é um "língua encantada": quando lê em voz alta, tem o poder de trazer para o mundo os personagens dos livros.

Os "línguas encantadas" são pessoas com um dom especial. No filme, porém, as consequências são dramáticas. Meggie não terá uma vida fácil.

A metáfora do filme é adequada para a literatura. Não apenas a chamada literatura infantojuvenil, na qual há um maior predomínio do fantástico. A arte literária consegue pescar, das narrativas e dos poemas para a realidade, sutilezas e mudanças. Personagens dos livros passeiam pelas ruas e personagens das ruas se mudam de mala e cuia para os livros. É preciso ter olhos encantados para olhar e perceber.

O filme parece absurdo. Não é. O mundo é fruto de nossa imaginação, transformada em palavra, depois moldada em matéria e construída. Este livro que você lê foi imaginado por mim há algum tempo. O relógio em seu pulso foi imaginado por um *designer*.

Do mesmo modo, os automóveis, as ruas, os edifícios, as cidades. Tudo passou pela imaginação, foi transferido a imagens e palavras e depois se moldou em ferro, madeira, cimento, asfalto e papel. E vamos além. Nossos filhos e nossos amores foram imaginados. Edgar Morin, pensador contemporâneo, afirma que toda realidade é semi-imaginada.

Na imaginação, a linguagem é a primeira matéria. Guerras são declaradas, casamentos são prometidos, teses são defendidas, políticas sociais foram, um dia, discursos. A palavra apreende o mundo e também preenche seus vazios.

Guimarães Rosa prendeu os caboclos do sertão em suas narrativas. Érico Veríssimo laçou no pampa Capitão Rodrigo, Ana Terra, Bibiana e muitos outros. Viraram linguagem em *O Tempo e o Vento*.

Quando nos sentamos para ler Guimarães Rosa, seja em voz alta ou não, os caboclos do sertão cortam seu fumo sentados em nossa sala. Quando lemos Veríssimo, Capitão Rodrigo passa galopando pelos corredores de nossos prédios. Melhor não abrirmos a porta do apartamento para não sermos execrados pelos vizinhos. Nós vemos e guardamos segredo. Não saímos contando pela cidade, mas sabemos.

Como no filme *Coração de Tinta*, é preciso ter muito cuidado com as leituras escolhidas. Elas se tornam reais, queiramos ou não. É própria dos humanos a palavra e, por consequência, ser um "língua encantada". Bênção para uns e maldição para outros, é uma herança sem possiblidade de renúncia. Ela nos acompanhará para sempre. Mesmo quando lemos em silêncio.

O menino do skate

Na sala dos professores de uma escola pública, eu descansava antes da próxima palestra. Entrou um garoto com uma mochila nas costas e um *skate* debaixo do braço.

– Tio, li seu livro na escola e achei *massa*. Só que de manhã eu tava sem um pila. Aí, fui pra casa e pedi um adiantamento de mesada.

Era Johannes, 16 anos. Todos os meses compra um livro com parte da mesada, contou-me. Tudo começara há dois anos, numa semana literária do colégio. Quando foi pedir dinheiro para seu pai para comprar um livro, recebeu a notícia que o valor seria descontado da mesada. O boné deu lugar a um livro. Para sua surpresa, ao receber a mesada do mês seguinte, o pai, em vez de descontar o valor, o restituíra. "Para que continues comprando livros", lhe disse.

Conto o caso de Johannes porque li nos jornais sobre o grande número de analfabetos no meu estado. O mapeamento, mostrou que a cidade onde moro é um dos municípios com maior número de pessoas que não sabem ler. Trata-se, de analfabetismo no sentido estrito. Se tomássemos um entendimento mais amplo, aquele da ONU, capacidade de ler e entender, o número seria dez ou vinte vezes maior.

Participei de diversas experiências de leitura, em várias cidades. São projetos que envolvem escolas, prefeituras, empresas. Conversei com crianças, jovens, adultos, pais, professores e idosos. Ser alfabetizado é pouco. A leitura dos livros é sempre precedida pela leitura do mundo e a ela retorna, disse Paulo Freire. Saber ler e escrever vai muito além do letramento. Onde a leitura é levada a sério, aumentou o envolvimento dos jovens com a comunidade, diminuíram os atos de vandalismo, cresceu o número de voluntários em projetos sociais, e o aproveitamento escolar melhorou.

Estudiosos da leitura notam a perda de interesse pelo livro com a chegada da adolescência. Há várias hipóteses. Johannes me fez perceber ou reafirmar a minha. Como vivemos numa sociedade capitalista, é urgente tornar o livro um objeto de consumo.

O livro precisa tornar-se algo como o celular, a roupa de marca, o tênis importado, algo necessário ao status social. Os jovens adoram objetos desse tipo. E não é por culpa deles. Eles apenas introjetam valores do mundo midiático dos adultos.

Essa história de se vender o livro como objeto cultural não funciona. O livro precisa mesmo entrar no mundo *fashion*, das baladas, das *raves*.

Imaginarmos adolescentes com um *skate* debaixo de um braço, fones de ouvido e um livro debaixo do outro pode não ser um sonho assim tão distante.

Extrema-unção

Era dezembro. Eu dobrava a esquina da Dez de Abril com a Paissandu. Sentado. Uma página de jornal. A calçada de pedra. Lendo. Tão distraído estava, nem me viu. A ninguém via. Mãos amarrotadas. Cabelos albinos pelo tempo. Roupas em decomposição, quase papéis alinhavados. Os chinelos verdes refeitos. Às costas, muitos anos. De longe, pareciam setenta e poucos. E pareciam pesados. Muito pesados. Pesavam-lhe tanto, que o papel em suas mãos recebia uma reverência quase involuntária.

A leitura instalou sua tenda em plena rua rasa. Avalanche de flores, nascimento de anjos, poesia chovendo sobre o pó. O ancião papeleiro parece uma estátua, lembro. Manteve-se apesar de mim, apesar dos carros descendo e subindo estressados, manteve-se além do sol da manhã dourando sua boca. Na metade superior do rosto, projetava-se a sombra de uma canga. Desde aquela penumbra, dois lampiões vertiam seu fogo. No novo mundo criado entre mãos e olhos, ardia o jornal sem consumir-se.

No umbigo do fogaréu, como se estivessem num porto em chamas, vi palavras abanando seus lenços.

Eu. Indo. Vindo. Indo. Vindo.

Quase abri na calçada um rio, como as rugas de seu rosto.

Parei.

Câmera fotográfica! Era um momento para ser registrado, estampar a capa de algum jornal. No dia seguinte à publicação, aquele senhor, ao separar os papéis recolhidos, encontraria a si mesmo. Olharia a foto e seriam dois velhinhos catadores lendo. Nas narinas dos milhões de palavras, recolhidas das sarjetas todas as manhãs, o velhinho catador sopra um último alento de dignidade. A elas entrega tudo.

Mas. O velhinho leitor jamais há de encontrar-se numa foto. Não tive coragem de denunciar aquele líquido instante. Preferi guardá-lo entre mim e ele, e entre as poucas pessoas sensíveis que o viram. Que o viram e veem. O velhinho leitor é quase cotidiano. Anteontem era um gibi, hoje uma revista. Lendo sustenta-se. Vendendo papel sustenta-se. Inclina-se e unge. Ao resgatar do lixo as letras agonizantes, salva as palavras de uma irreversível perda. Sentindo-se um cidadão alfabetizado, dando dignidade a resgata, e presta às palavras reverência de um deus vivificador do barro.

Oxalá, o velhinho catador de papel encontre esta minha crônica entre tantos papéis salvos da podridão. Um milagre. Um prêmio.

Se vislumbrasse seus olhos passeando entre estas letras, meu sorriso se apresentaria à sua esperança. Infelizmente, embora eu e ele amemos as palavras, tenho privilégios. Sobrevivo sem tantos riscos e leio notícias no mesmo dia de seu nascimento. Pela comunhão dos santos e pecadores seres humanos, minhas palavras moribundas esperam a extrema-unção de seus olhos. Quando estiverem na sarjeta, onde vão parar tantos textos no dia seguinte, apenas os luzeiros desse homem poderão confortá-las antes do devoramento dos vermes, antes da metamorfose em caixas insossas ou em papel higiênico barato.

Não. Esse velhinho catador de papel – tão reverente às palavras – jamais venderia seus fardos de celulose para qualquer fim. Em algumas semanas, sob a estrela do presépio, meninos e meninas de todas as idades trocarão presentes em caixas bonitas. E cartões natalinos. E palavras de paz. Tudo em papel reciclado.

Cara de mãe

À primeira vista, poderiam ser coisas antagônicas: a mãe atirada ao poço abandonado da construção para salvar seu menino e a outra entregando seu filho à polícia. Da primeira eu vi o rosto e muitos o viram em todo o mundo, onde a foto apareceu como água boa de poço nas capas dos jornais.

Na televisão, os especialistas dão explicações, explicitam teorias, jogam a culpa toda da mãe defensora no instinto e que toda aquela doação pelo filho no fundo era defesa de seus próprios genes. Fiquei convencido de que todo o amor de mãe, no fundo das coisas da vida ou no fundo do poço, é egoísmo, porque quando ela os defende só quer guardar seus genes da morte e continuar viva pelos séculos dos séculos nos filhos, nos filhos dos filhos, nos netos dos filhos dos filhos e nos bisnetos dos netos dos filhos dos filhos dos filhos.

Enquanto ruminava toda essa decepção do egoísmo disfarçado das mães que só querem sobreviver nos genes, vem essa outra mãe sem rosto. Filho liberado do cárcere para visitá-la no Natal, não quis mais voltar para a cadeia e vivia escondido, nas casas e debaixo da cama, só saía muito disfarçado de jovem bom, ele que pagava conta de ter traficado e ganho dinheiro para comprar uma moto e achado tudo muito fácil e depois assim condenado, sem querer retornar. Essa outra mãe nunca terá seu rosto estampado nos jornais e dela eu só vi as costas e ouvi a voz distorcida. Pegou seu filho e o convenceu a "pagar a dívida com a sociedade" e, com dor e com tudo, foi embalando-o até a cadeia com sua angústia; não fraquejou, mesmo quando ele quis desistir num bar, tomando um café, e depois seguiram, passo a passo, e a mãe sem rosto entregou seu filho ao delegado. Viu ele dizer *tchau* com as mãos juntas naquela pulseira, depois ser levado no camburão para dentro de uma gaiola de onde poderá muito bem nunca sair vivo; ela não poderá se jogar lá e tirá-lo para que seus genes prossigam e tudo, e tudo. A mãe voltou para casa triste, mas tranquila, e sabe que a única coisa que poderá garantir é a não preservação de seus genes da morte e continuar viva pelos séculos dos séculos nos filhos, nos filhos dos filhos, nos netos dos filhos dos filhos e nos bisnetos dos netos dos filhos dos filhos dos filhos.

Dessa segunda mãe sem rosto, de quem só vi as costas, nenhum especialista arriscou teoria, simplesmente porque uma mãe assim não tem teoria que explique. Nenhum antropólogo, ou sociólogo, ou psicólogo, ou jurista, ou qualquer outro filho da mãe consegue dizer que diabo de genes essa mãe quer proteger ao entregar de volta seu filho à prisão de onde pode ser que ele nunca, nunca volte, ou talvez, talvez algum dia, voltará sem futuro ou, quem sabe, morto, esfaqueado, degolado ou suicidado, como explicam quando um desses jovens filhos da mãe sai como féretro das gaiolas prisionais do Brasil.

Fiquei semanas matutando, querendo escrever uma crônica clara, direta, bem explicada, fácil de ler. Fiquei tentando descobrir como era o rosto dessa mãe, só a vi de costas, não sei se ela era, talvez, feiosa demais pra desejar garantir genes perpetuados pelos séculos dos séculos nos filhos, nos filhos dos filhos, nos netos dos filhos dos filhos e nos bisnetos dos netos dos filhos dos filhos dos filhos.

Essa mãe sem rosto, que joga o filho ao fundo da prisão, tem a mesma cara que a outra mãe que se revelou depois de tirar seu filho do fundo do poço: cara de mãe, coragem de mãe, cara de gente, de ser humano que ninguém explica, que ninguém entende e enfim, de cara ou de costas, é sempre cara de esperança para a qual nenhuma teoria de especialista consegue colocar um ponto final.

Os sonhos das coisas

Quanto às sementes, minha mãe falava a verdade. Feijão cozido com pé de porco é um desperdício. Serve apenas para matar a fome, não cumpre seu sonho de perpetuar a espécie dos feijões. Nada adianta dar-lhe cova e adubo, apodrece e não vinga. O feijão preparado para ser alimento frustrará um de seus sonhos. Mata a fome, mas não brota. Escolhido entre pedras e carunchos, o grão vai à panela com sonho também escolhido. Os sonhos do feijão são alternativos e não aditivos. Se matar a fome, não germina. Se germinar, não mata a fome.

Minha mãe achava certo não comer sementes de flores. Inda bem, nos dizia. Flores nascem para esperar a primavera. Ela apenas se resignava a entregar algumas, de girassóis, para uma caturrita já velha. "Compensamos com flores o voo que lhe roubamos na vida", justificava.

Sobre o sonho das coisas e sua ânsia em realizá-los, Jorge Luis Borges conta em *O Punhal*. Enquanto alguns se divertem enfiando-o e tirando-o da bainha, sente-se, o punhal, frustrado e inútil. De que lhe valeu o sofrimento da têmpera e forja? Quer matar, quer sangue. "Numa gaveta da escrivaninha, entre rascunhos e cartas, interminavelmente sonha o punhal seu singelo sonho de tigre, e a mão se anima quando o rege porque o metal se anima, o metal que pressente, em cada contato, o homicida para quem o criaram os homens. Às vezes tenho pena. Tanta dureza, tanta fé, tão dócil ou inocente soberba, e os anos passam, inúteis".

Tem dias que habito o sonho das coisas e seu latente desejo de vir à tona. Além do sonho das sementes, naturalmente engendrado, há coisas nascidas da imaginação do homem com seus desejos também humanos. Natural ou inventado, todo sonho possui uma força indomável para a realidade. As batatas e as cebolas brotam na despensa, os venenos vazam dos frascos. Por trás das coisas, há um poder maior que elas, sonho para o qual foram plasmadas.

Se o sonho das coisas não se tornar realidade, sempre haverá frustração. Um livro não lido, uma roupa esquecida, uma panela no armário, um perfume vencido. Livro fechado, uma imaginação morta. Se a roupa não foi vestida, alguma beleza ocultou-se. Se a panela não foi usada, uma ceia deixou de ser feita. Se o perfume evaporou, um cheiro cítrico se perdeu para sempre.

Enxertando uma utilidade antes inexistente, pessoas traem o sonho original das coisas. Utilidade não é sonho, não o substitui. O livro guardando recortes, o vestido tapando uma fresta, a panela aparando goteiras e o perfume incendiando as achas de lenha. Caberá ao sonho resignar-se à espera de um tempo propício, ou à eterna frustração imposta.

Quando uma pessoa desvia o sonho das coisas, torna-se responsável pelos resultados. Porque traiu o sonho latente enxertando outro impróprio e extrínseco. É o caso de se usar um tijolo, com seu sonho de casa, para estraçalhar um ser vivo. Ou quando uma faca de cozinha, com seu sonho de cortar alimentos, transpassa átrios e ventrículos.

Comove-se a cidade com o pai assassino involuntário de seu filho. Os assaltos a residências são constantes. O alarme dispara às três da madrugada. O revólver debaixo da cama acomoda-se na mão do pai e dispara contra o vulto na sala. Quando a luz se acende, o filho – que pensava surpreender a família na Páscoa – jaz morto sobre o tapete.

Por causa dos sonhos latentes nas coisas é que nunca terei armas em casa. Na bala e na arma, como no punhal de Borges, haverá um sonho buscando alguém para realizá-lo. Tanto metal forjado e inútil. Tenho medo de não saber dizer não quando o sonho das armas pedir realidade. Melhor mesmo é ter em casa só grãos e sementes. De alimentos e de flores.

O barco

Meu fascínio pelo mar ancorou um barco em minha sala. Um barco, com seu corpo de cedro e suas alvas velas de lona, na marinha de um apartamento é sempre um objeto de luxo. Mais ou menos como ter um iate numa marinha real. Neste planeta – onde todos os mares são conhecidos – parece ter pouca utilidade um barco, me dizem. Pior ainda neste edifício, numa cidade distante da costa, com um rio que seca com apenas três dias de sol.

Sempre fiz ouvidos moucos às críticas. Esse barco há de ter um cais definitivo em minha casa. Preciso de coragem no enfrentamento de mares ignorados, preciso de desafios no desvelar de mundos. Ainda haverá ilhas com índios antropófagos guardando tesouros? Ainda haverá matas com temíveis feras? Não sei. Meu barco, sempre de velas içadas, está pronto para levantar âncora. Como minhas viagens são internas, basta um desejo meu e estamos prontos.

Léo tem seis anos. Moramos no mesmo edifício. Desde que começou a engatinhar, encantou-se com o barco. Em suas visitas vespertinas, toma o veleiro no canto da sala e o coloca sobre o tapete azul. Em cada repetição desse gesto, abre-se a terra, e o apartamento desaparece em um abismo. Inesperadamente, todos na casa começamos a ouvir marulhos. Há dias de murmúrio e brisa. Há outros com rugido e vendaval. Esse tapete leva muito a sério seu sonho de ser oceano. E o gesto de Léo tem um poder único de provocá-lo.

Tive medo no início. O menino poderia quebrar o barco, ferir-se em suas farpas. Soprava para fazer vento nas velas, movia as mãos e os braços para imitar as ondas e os abria ao máximo para me mostrar um oceano bem gordo. Era seu jeito de me dizer "quero brincar com o barco no mar". Como dizer "não" àqueles olhos tão cheios de ondas?

Superei o medo e um dia aceitei seu convite a marujar. Apaguei as luzes da sala. Meu capitão, pus o abajur como farol lá bem perto da porta, alcei-me a bordo. Léo, eu e o barco sobre mar. Uma tempestade, tubarões e monstros. Uma odisseia acontecia. Eu tentava entender. Difícil. Tentei contar-lhe que rumávamos para uma terra de índios antropófagos, mas não sabia como. Precisava falar da ilha com florestas e feras, mas não tinha gestos para "árvore" e "onça".

Uma borrasca. Os tubarões rondavam o barco. Monstros roncavam entre espumas. Escuridão.

Borrasca: Léo soprando forte e movendo o barco.

Tubarão: mãos e dedos fazendo boca e dentes.

Monstros: uma careta bem feia.

Num canto a estibordo, me encolhi em silêncio. Com um fiapo de olhos fiquei observando tudo. Sabendo dos perigos, olhei para o menino mostrando apavoramento. Então, com força e ânsia, ganhei um abraço. Na voz silenciosa daquele gesto, eu entendi "estamos juntos, não tenha medo".

Tentei explicar, mas não me fiz entender. Meu medo não era, exatamente, daqueles perigos do mar. Eu temia era essa ilha com índios antropófagos guardando tesouros e rugidos de onças dentuças na mata. Entre mim e ele, um mar enorme. Meu medo, porém, não era tanto da travessia ou das coisas inesperadas de um continente novo. Meu medo era, mesmo e somente, um medo de algo distinto de mim.

Com o tempo, Léo me ensinou os segredos do mar e do barco. Aprendi a dizer índios antropófagos, onça dentuça e floresta fechada. Léo me explica que os índios são amigos da gente, que a onça – como em *Max e os Felinos*, do Scliar – poderá nos salvar dos tubarões e dos monstros, que a floresta está na florada das bromélias.

Léo e eu já nos entendemos melhor. Quando me vê, toca o lado esquerdo do peito e simula um abraço. Se ganha um brinquedo ou uma roupa nova, vem me mostrar com a alegria nos olhos.

Léo, possivelmente, nunca poderá ouvir o som do mar, o rugido da onça, o canto das baleias. Mas, ao retirar meu barco do canto da sala, com ele deslocou meu medo de terras desconhecidas. Léo e eu, se quisermos, já estaremos em tempos de dispensar o barco. Uma ponte abraçou nossos mundos. Uma das muitas esperando construção.

No cais de um apartamento, um barco nem sempre é um objeto de luxo. Nem mesmo quando transformado em floreira para uma velha bromélia, cuja espécie Burle Max descobriu na Floresta Amazônica. Brincando na minha sala, sem dizer ou ouvir uma única palavra, Léo realizou o milagre do encontro do mar com a floresta. A flor da bromélia, com sua timidez e sua discrição, tornou-se confidente das velas do barco. Na popa ou na proa, a estibordo ou a bombordo, os marinheiros a enxergam e pensam ser uma bússola. Crônica, quase perene, perdura estação após estação, sem se cansar da vida.

IMPRESSÃO:

Santa Maria - RS - Fone/Fax: (55) 3220.4500
www.pallotti.com.br